四獣封地伝
黎明の女王は赤王に嫁す

唐澤和希

ポプラ文庫ピュアフル

目次

あらすじ

欺瞞《ぎまん》を引き起こす**凶獣《きょうじゅう》・窮奇《キュウキ》**を封印した仙人の子孫にして王女の**詩雪《シセツ》**は、**誠《セイ》国**王族に伝わる「**嘘を聞き分ける力**」を持たず生まれ、周囲から蔑まれつつも、強かに生きてきた。

ある日、欲深い第一妃・**呂芙蓉《リョフヨウ》**が国の実権を握らんと王を暗殺。隣国・**寛《カン》国**と手を結び、息子・**忠賢《チュウケン》**を新王に立てて、自らの傀儡とする。

城を追われた詩雪は、謎の美青年・**晶翠《ショウスイ》**に助けられ身を潜めていた。しかし民の苦しみを目の当たりにし、宮女に変装して後宮に乗り込むことに！

美しい妃・**沈壁《チンヘキ》**を味方につけ、忠賢とも接触した詩雪は、やがて自分自身が「**己の問いに誠実に答えさせる力**」を有していることに気付く。そして晶翠が、従来の王族よりも強い力を持つ詩雪に忠誠を誓った凶獣・窮奇の人の姿であることにも。

詩雪は晶翠の力を借り、呂芙蓉と寛国の兵士たちを退ける。そして、「すべての人が誠実に生きられる国」をつくるため、誠国の女王として立ったのだった。

四獣封地伝

黎明の女王は赤王に嫁す

唐澤和希

序章

コツコツコツ。

男は手燭《てしょく》だけを頼りに薄暗い石畳の回廊を渡っていた。地下に潜った時はツンと鼻をつくようなカビの臭いに辟易《へきえき》したものだったが、それももう慣れ始めている。しばらく続く長い回廊を経てとうとう鉄でできた頑丈な扉の前までたどり着いた。

この扉の向こうに、男が求めるものがある。

「こ、こんなところに凶獣《きょうじゅう》が……憤怒の凶獣檮杌《トウゴツ》がいるのですか？」

震えるようなか細い声が聞こえた。

振り返ると、腕を抱えて怯えたように眉尻を下げる弟がいた。きっと恐ろしいのだろう。唇の色が悪い。

「どうする？　怖いようなら、お前だけでも引き返すか？」

男が気遣わしげにそう尋ねると、弟はびくりと肩を震わせる。

男はもともと一人で来るつもりだった。だが行く途中、この弟に見つかった。男が凶獣の封印を解きに行くつもりだと言うと、ついていくと言いはじめたのだ。

「だ、大丈夫です。それに、兄様一人だけを凶獣のところになんて行かせられません。兄様は、次の寛《カン》国の王になるお方なのですから」

鼻息を荒くしながら弟が答える。思わず男は笑みを浮かべた。

男はまっすぐ自分を慕ってくれるこの可愛い弟に弱い。手を伸ばして、その寛国の王族特有の赤髪を撫でる。

「分かった。お前には、私が本物の王になるところを見届けてもらおう」

そう言うと、弟は誇らしげに笑みを深めて頷いた。

男もその笑みに勇気づけられたような気持ちになりつつ、改めて鉄扉に向き合った。扉に鍵は付いていない。それを確かめて扉を押す。ギリギリと重たそうな音を放ちながら扉が開くと、中は暗くて何も見えない。だが、強烈な獣臭がした。

手燭を前に掲げると、微かに獣のような何かがそこにいるのを感じる。

ただならぬ気配に、男は思わず唾を飲み込んだ。

「兄上、よろしければ燭台に火を灯してきましょうか」

「あ、ああ。頼む」

そう言って、男が弟に手燭を託す。すると円形の部屋の壁際に設置された燭台に、弟が次々と火を灯していった。

明るくなるにつれて、目の前にいるものの姿が露わになっていく。

太陽のような赤みがかった黄金の毛に、虎と同じ毛皮の紋様と肢体。大きな豚の牙を持つ凶悪な顔と、虎とは一線を画すその巨体。優に人の背丈の五倍はある。その巨体をゆったりと横たえさせながら、左前肢に封じの枷を嵌められた獣は男をじっと見ていた。

これが、凶獣檮杌。かつて人の世界を滅ぼしかけた四匹の凶獣の一角。寛国の始祖である寛遼真君《カンリョウシンクン》が調伏した獣。

「兄上、灯して参りました」

横から弟に話しかけられて思わず男の肩が跳ねた。部屋の燭台に全て火を灯し終えて戻ってきたようだ。

「あ、ああ、ありがとう。助かった」

動揺を悟られぬよう、震えそうになる声を必死に抑えてそう答えると、弟から手燭を受け取る。そしてまた凶獣と向き合った。手燭を片手に、一歩一歩と前に進む。

「お前が、憤怒の凶獣、檮杌か？」

男の問いに、獣はその金色の瞳を細めた。

「そうだ」

地響きのような恐ろしい声。思わず逃げ出しそうになるのを堪えて口を開く。

「お前の封印を解放しに来た。王としてそなたを従える。お前には私が治める国のために働いてもらう。構わないな」

「ほう？　構うも何も、我はもともと王に忠実な僕《しもべ》だ。王に逆らう術はない」

凶獣の返答に、やはりかと男は思わず口角を上げた。

父王が倒れ、次の王位が己に転ぶかもしれないと分かった時、男は凶獣について調べた。

そして知ったのだ。寛国に封じられた凶獣は、かつて王に仕える忠実な僕だったと。

そしてこの獣を従えるものこそが、真の王なのだと。

王位を確実なものにしたかった男は、藁《わら》にもすがる思いでこうやって凶獣に手を出した。

はやる気持ちを抑えながら、男は手を伸ばす。凶獣の前肢にかかった封じの枷には鍵穴がある。その穴に持ってきていた鍵を入れた。この枷を外せば、目の前の強大な力を持つ獣は、己のものになる。

獣は男に動じることもなく、男になされるがまま。己の主人が誰だか分かっているのだ。

獣の前肢に嵌っていた枷は解錠されると、あっさりと外れた。

これで、獣は男のもの。男は王位につける。

父王が行った失政のせいで、どれほどの寛国の民が亡くなっただろう。だが、これからは己が王だ。救える。自分の力で、民を救えるのだ。

「兄上、もう終わったのですか？　とうとう凶獣を従えたのですか!?」

後ろからはしゃぐような声が聞こえた。壁際で見守っていた弟がこちらに歩いてくる気配を感じる。思わず笑みを浮かべて弟の方を見た。

そして、愕然とした。

「執着の糸……」

思わずそうこぼす。寛国の王族は特別な神通力《じんずうりき》、執着を見極める力を持って生まれてくる。人が何に執着しているのかが分かる力。執着しているものが近くにあれば、赤い糸のようなものが繋がって見える。

こちらにやってきた弟には、執着の糸が伸びていた。その糸の先には……。

「何故、弟に、執着の糸が伸びているのだ……檮杌！」

思わず、目の前の凶獣に吠え付いた。改めて見れば、己には凶獣からの執着の糸がない。

つまりこれは……。

「我の王はお前ではない。このお方だ」

凶獣はそう言って、大きな頭を弟に向かって垂れた。

「え、え……？」

とまどうような弟の声。

男の血の気がさーっと引いていく。

「私が、王ではないのか……？」

掠れた声が漏れる。凶獣に問いかけてみたが、獣はひたすら弟に頭を下げるばかりでこちらを見もしない。

仕方なく視線を移して、弟を見た。

弟も、男を見ていた。戸惑った顔で、恐怖に怯えたような顔で。

「こ、こんなの何かの間違いです！　僕が王だなんて、そんなの……あり得ない。王になるべきは兄様だ！」

「いや、しかし……執着の糸が……」

赤い糸は弟にしか繋がっていない。

戸惑いながらも男はあることに気づいた。そしてその言葉が意味する先のことを考える余裕もなく口に出す。

「檮杌よ。もし、今の王が死ねば、どうなる」

先ほどまで、男のことを無視していた獣は、その金色の瞳を男に向けた。

「死ねば、他の寛遼真君の血を受け継ぐもののなかで最も天帝《てんてい》の寵愛を受けたものに移る」

つまりそれは、弟さえ死ねば、獣は、王位は男のものになるかもしれないということ。

思わず弟に視線を移すと、弟は恐怖のためか僅かに瞳を揺らした。

だが、すぐに動揺を押し隠すように唇を引き結ぶと、笑みを浮かべた。

「兄様。僕は構いません。兄様こそ、王に相応しいお方」

弟の言っていることを理解するのに、時間がかかった。

これはつまり、男のために死んでもいいと、そう言っているのだろうか。

「な、何を言う。そんなこと、そんなことできぬ……」

男にとって弟は特別に可愛かった。弟は男をよく慕ってくれた。その気持ちが伝わったから、男も弟を可愛がった。どんな我儘《わがまま》を言っても、全部許してしまいたくなる。そんなかけがえのない家族なのだ。

「兄上のために死ねるのならば構いません。ですが……王になった兄上をお支えするというお約束を守れず、死ぬることをお許しください」

弟のその言葉を聞いた時、男の頭の中は真っ白になった。

父王を追いやり、自分が王となって寛国を平らかにするという夢が脳裏によぎる。

「そうだな。分かった。許そう。お前が、死ぬことを」

そうだこれは、国のため民のため、もっと崇高な目的のため。であるならばやらねばならぬ。そうせねば己は王になれない。

男は腰にはいていた剣を引き抜くと、その首めがけて剣を振るう。

ザスン。

大きな音を響かせて、血飛沫を上げながら宙に首が舞ったのだった。

第一章

かつて人々は、四匹の凶獣によって苦しめられていた。

人々を憐れんだ天界の頂点である天帝は、四人の仙人を人間界に遣わした。

仙人らは四匹の凶獣を調伏し、その地に国を興した。

悪意を振りまく凶獣・渾沌《コントン》を封じた地に善《ゼン》国、欺瞞を引き起こす凶獣・窮奇《キュウキ》を封じた地に誠《セイ》国、憤怒で理性を奪う凶獣・檮杌《トウゴツ》を封じた地に寛《カン》国、限りない欲望を生み出す凶獣・饕餮《トウテツ》を封じた地に節《セツ》国。

国を興し、仙人の子孫達は王となり、封印を守り続けている。

しかしその均衡を、寛国の若き王が崩した。封じていた憤怒の凶獣檮杌を解放し、その力でもって他国を侵略し始めたのだ。

最初に節国が寛国の属国に降《くだ》り、次いで誠国も降った。

寛国の王に委任されて誠国を治めていた皇太后呂芙蓉《リヨフヨウ》による統治は、民を大いに苦しめた。民の苦しみを目の当たりにし、追放されていた王女が立ち上がる。

誠国に封じられていた欺瞞を引き起こす凶獣窮奇を従えて呂芙蓉を討伐した。そして寛国の支配から解放し、女王として立ったのだった。

女王の名は、誠詩雪《シセツ》。誠実さを最高の美徳とする誠国の中で、最も誠実であると謳われる美しい華。

「詩雪様、食後のお茶です」

低音の甘やかな声とともに、蓋碗《がいわん》が目の前に置かれた。蓋を開けると芳《かぐわ》しいお茶の香りがたつ。

今は、異母弟忠賢《チユウケン》、その妻の沈壁《チンヘキ》とともに朝餉《あさげ》を頂き終わり、ちょうどお茶が飲みたいと思っていたところだった。

「ああ、ありがとう晶翠《シヨウスイ》」

詩雪が礼を述べると、お茶を供した美青年が笑みを浮かべた。誰をも虜《とりこ》にする魅惑の笑みだ。それを認めて、詩雪は相変わらず胡散臭いな、などと思いながら苦笑いを浮かべる。

小姓《こしよう》のように振る舞うこの男こそ、長年誠国の地下に封じられていた凶獣、欺瞞の窮奇が人に化けた姿である。

現在、詩雪と契約関係にある晶翠という男は、詩雪には決して逆らわない。だが、詩雪を堕落させて自分なしでは生きていけない人間にしようと虎視眈々《こしたんたん》と企んでいるらしい。

「晶翠殿、そのように姉上に媚《こび》を売っても無駄だということをそろそろ学んだらいかがですか」

その晶翠に冷たい声がかかる。向かいの席に座っていた弟の忠賢だ。

忠賢と晶翠はあまり仲が良くない。というよりも忠賢が一方的に晶翠を嫌っていると言った方が正しいかもしれないが。忠賢としては、姉として慕っている詩雪を誑《たぶら》かそうとする軟派な男に見えるらしい。ある意味、間違ってはいない。

「媚を売る？　いやはや、私はそのようなことはいたしません。売るも何も、私の全ては詩雪様のもの。売るものなど持ち合わせていないのです。全て差し上げていますから」

妖艶な笑みを浮かべてそう語る晶翠に、忠賢がまた吠えつこうと口を開きかけるのを見て、詩雪は慌てて止めることにした。

「まあ、落ち着け忠賢。そう怒ることでもないだろ」

詩雪の言葉に、忠賢は開きかけた口を引き結びフンと鼻を鳴らす。

やれやれといった具合に詩雪は肩をすくめた。

（もし私の身に何かあれば晶翠の次の契約者は忠賢になるはずなのに、二人が契約関係になる姿はなかなか想像し難いな）

凶獣との契約は、仙力が最も強い王の子にのみ引き継がれる。今いる誠国の王族は、詩雪と忠賢だけだ。詩雪に何かがあれば、契約は忠賢に移るはずだ。だが、正直なところ、晶翠と忠賢の相性の悪さを思うとうまくいく気がしない。

微かにため息をつき、そして目の前のお茶に手をつけた。

クンと匂いを嗅ぐと、お茶の爽やかな香の奥に果物と花の香がする。誠国の特産である碧螺春《へきらしゅん》という銘柄のお茶の茶木は、果樹園の中に植えられている。周りの果樹の香りが茶樹にも移ることで、微かに果樹の香を纏った茶葉ができるのだ。

詩雪にとって、この爽やかな花果香は豊作の香りだ。果物がしっかりと実っている証だからである。思わず笑みが浮かぶ。

詩雪が、誠国の女王として立って一年。ありがたいことにその年は、天候に恵まれた。大きな災害もなく、あらゆる農作物が豊作だったと聞いている。

王としての教育を受けずに女王に立って一年。本来ならばもっと混乱していてもおかしくない世情が落ち着いているのは、実りに恵まれたことが大きい。

詩雪は感謝を込めてお茶を一口含む。舌の上に転がる至福の味を楽しんでいると

……。

「姉上、そろそろ伴侶をお決めになる覚悟は固まりましたか？」

弟の忠賢から唐突に振られた話に思わず飲んだお茶を吹き出しそうになって、かろうじてとどめた。

どうにかお茶を飲み込み、非難がましく忠賢を睨《ね》め付ける。

「またその話か。それはおいおい考えると前も言っておいただろう」

「おいおい考えるというのはいつのことでしょうか。恐れながら姉上はそう悠長に構えられるお立場ではないのですよ。姉上は誠国の女王。世継ぎを産まねば。姉上の類

まれな仙力を受け継ぐ御子が必要なのです」

「類まれな仙力と言われてもな……」

凶獣の晶翠の話によれば、詩雪には誠国の始祖である大仙人と同等の絶大な仙力があるらしい。とはいえ詩雪にはその自覚が薄い。というのも、誠国の王の子は『嘘を聞き分ける力』という仙力を持って生まれるが、詩雪はその力を有しておらず、幼い頃より無能と蔑まれて生きてきたからだ。

最近になってやっと詩雪は『己の問いに誠実に答えさせる力』を持っていることが分かった。つまりは詩雪の問いかけには嘘がつけない。その力は、従来の王の子達が持っていた『嘘を聞き分ける力』よりも強いようで、凶獣である晶翠が主として選んだのは詩雪だった。

詩雪はため息をついたあと口を開いた。

「……だがな、立場があるからこそ伴侶を選ぶのも慎重にせねば……」

「恐れながら姉上は、ご年齢的にもそんなに悠長に待てませんん」

痛いところをつかれて詩雪は思わず呻き声をあげそうになった。

詩雪は二十歳になった。誠国の女性の結婚適齢期は、十五歳から十八歳と言われており、二十歳の詩雪は立派な行き遅れだった。

誠国の結婚適齢期がそれぐらいの歳であることには理由がある。出産だ。出産には命の危険がある。

　女王である詩雪は、もちろん誠国の最大の医療で出産を望めるだろう。加えて王族の身体は常人よりも丈夫にできている。だが、それでも出産は命懸けだ。なによりも体力が必要になる。出産、そして産後の体力のことなどを思えば、早いに越したことはない。

「だが……」

「忠賢様、今日はそれぐらいに。陛下とて陛下のお考えがあるのです。無視して結婚を強いてはいけません」

　と詩雪が何かを言う前に、忠賢の隣でお茶を飲んでいた王弟夫人の沈璧が静かな声で止めてくれた。

「沈璧……」

　妻である沈璧を溺愛していることで有名な忠賢は、叱られた子犬みたいな顔を向ける。

(身体はデカくなったが、沈璧に敵わないところは変わらないな)

　思わずくすりと笑ってしまう。

　弟の忠賢は十八になって身体も大きくなった。二年前はそれほど体格差を感じなかったが、今では首を大きく反らして見上げねば視線が合わないほどだ。顔つきも精《せい》悍《かん》になった。

しかし唯一の妻である沈壁を前にすると、甘えん坊で気の弱かった幼い頃の忠賢が垣間見える。

「それに何も伴侶を娶るつもりがないわけではない。良い男がいれば、私も考える」

「本当に、そう思っていらっしゃるのですか？」

「もちろんだ。まあ、もし、良い男がいなかったら……」

そう言って詩雪は隣を見上げる。銀髪の美しい男に化けた凶獣に視線を合わせた。

「晶翠と結婚し、子をなしてもいいかもしれないな。晶翠はどう思う？」

詩雪がそう言うと、晶翠は目を僅かに見開いた。

普段何事も飄々《ひょうひょう》とした笑みでやり過ごす晶翠が僅かに見せた動揺に、詩雪も動揺した。何かにつけて詩雪を手玉に取ろうとしてくるこの男を、意外なところで怯ませることができたかもしれない。だが、欺瞞の凶獣窮奇である晶翠のことだ。動揺した素振りという線も捨てきれない。

「どう、と言われましても……思ってもみなかったのでなんとお答えすればいいか。ですが……悪くない、ような気がします」

驚くべきことに、本当に晶翠は動揺しているらしい。いつものような流暢さがない。

これには詩雪も驚いて、目を丸くしながら口を開いた。

「……そうか。ちなみに晶翠と私の間で子供は作れるのか？」

「分かりません。試したことがないので」

なんとも歯切れの悪い回答だった。戸惑いさえ見える。だが、晶翠の言葉に嘘はない。なにせ、嘘をつくことを許さない詩雪の問いに対する答えなのだから。

「姉上、なんということをおっしゃるのです！」

忠賢の怒声に、詩雪は肩をすくめて弟をみやった。

「そんなに怒らないでくれ。いい相手が見つからなかったらの話だ」

「だからといって！　晶翠は凶獣です！　それを伴侶にしようなどと……！」

震える拳が円卓を叩く。どうやら詩雪の言葉は忠賢を本当に怒らせてしまったらしい。

（なるほど。忠賢が、私の伴侶が不在なことに焦っているのは、晶翠のせいか。私が晶翠に絆される前に、夫を作って支えてもらいたいのだろう）

忠賢が心配する気持ちが、正直、詩雪にも分かる。

どうしたものかと詩雪が思う間に、忠賢の拳にそっと白くたおやかな手が重なった。

「忠賢様、落ち着いてくださいませ。詩雪様ならば、間違えた道には進みません」

怒れる忠賢を、妻である沈壁が優しく窘《たしな》める。

「沈壁……。分かってはいるが……」

一気に怒りが落ち着いた忠賢がなおもそう言い募ると、沈壁はもう片方の手も重ねてぎゅっと握り込んだ。

「大丈夫です。信じましょう」

沈壁のその言葉に、忠賢の肩の力がすっと抜けていくのが傍目からでも分かる。忠賢は僅かに頷くと改めて詩雪に視線をむけた。

お互いがお互いを深く信頼し合っているのが分かる。

その二人の様子が微笑ましい。おそらく自分は、こういう関係の相手を見つけることはできないだろう、そう思える。

「姉上、すみません。声を荒らげてしまって……」

そう言って素直に頭を下げる忠賢を眩しく感じて詩雪は目を細めた。

小さい頃から、弟である忠賢のことはよく知っている。実の子ですら自分のための道具として扱う実母の悪意を側に抱えながら、忠賢は本当に素直に成長した。羨ましいほどに。

素直で嘘をつけず、誠実な忠賢こそが王に相応しいと、詩雪はずっと思っていた。

「いや、気にしてない。私のこと、いや、誠国を思う故のことだ。私も、忠賢の期待に応えられるように努力はするつもりだ」

詩雪がそう諭すと、忠賢は感謝の弁を述べた。

そうして一度、話に区切りがついた頃、沈壁が「少々お話が……」と声をあげた。

沈壁を見てみると、その側に仕える侍女《じじょ》の小鈴《シャオリン》が何故かそわそわしている。

「どうかしたのか？」

「ええ、実は小鈴が、誠国に相応しいとても綺麗な緑色の虫を見つけたので、国虫として扱いたいと」

沈壁がそう説明すると、小鈴が小さな壺を持ち上げた。

どうやら、その壺の中に虫がいるらしい。

貴人の食事の場で、侍女が前に出るなど本来あり得ないことではあるが、小鈴は特別な侍女。

詩雪が、呂芙容を追い落とすために宮女として忍び込んでいた時に、仲良くなった。

詩雪の中では、すでに友人のつもりでいる。

その感覚は、小鈴が仕えている沈壁にとっても同じのようで、この場には小鈴が前に出ても咎める者は誰もいない。

そんな小鈴の話のようなので、聞いてあげたいのはやまやまだったが……。

「しかし、国虫とは、なんだ？」

と、詩雪はまず疑問を口にする。

誠国には、一部、国で最も尊いと決められている物事がある。色は、碧色《みどり》。瑞獣《ずいじゅう》は碧鸞《へきらん》。それらは国色、国獣と言われている。

だが、国虫などは聞いたことがない。

「以前、詩雪様が、てんとう虫は寛国の国虫だとおっしゃっていましたよね。でも、誠国には国虫がいないので、是非作りたいなと思ったのです」

「てんとう虫が国虫……」

とつぶやいて、ややして思い出した。

宮女の配属先を決める際に、宮女長に怒られていた小鈴を助けるために、とっさについた嘘だ。虫好きの小鈴が、道端のてんとう虫をかばって、そのせいで小鈴がひどい目に遭わされそうになっているのを見かねて、寛国ではてんとう虫は尊い虫と言われている、という嘘を聞かせた気がする。

「……いや、実はあれは」

「それでですね！　この虫が国虫にピッタリなのではないかと思ったのです！」

実はあれは嘘なのだと口にしようとしたが、身を乗り出すようにして話しかけてくる小鈴に遮られた。

（……まあ、国虫がいてもいいか）

虫が好きすぎる小鈴は、虫の話になると猪突猛進だ。沈壁などは少しハラハラすることも多いようだが、詩雪はそういうところを気に入っている。

「分かった。その虫を見せてもらおうか」

と言うと、小鈴はウキウキとした足取りで、詩雪のもとまで来ると壺を見やすいところに置いてくれた。

覗き見てみると、確かに虫が数匹いる。緑色に輝く、指先ほどの大きさの小さな虫だ。

国色である碧色とは少し違うが、似ている色合いで、美しい。

詩雪が触ろうとして、手を伸ばすと。

「あ！　むやみに触ってはいけません！　この虫、毒があります！」

小鈴がそうのたまった。

え、と思って顔を起こす詩雪。その場が一瞬静かになる。

「御前、失礼いたします」

そう言って静寂を最初に破ったのは、詩雪の後ろに控えていた侍医《じい》の李成《リセイ》だ。誠国では珍しい金髪と青い目を持つ美しい宦官《かんがん》で、薬の知識がある。

李成は、小鈴が持ってきた壺の中を覗き込んだ。

「まさか芫青《げんせい》ですか。これはまた猛毒を持つ虫を捕まえましたね」

と李成が青い顔をして呟いた。

「これは猛毒なのか？」

「ええ。薬にも使われますが、処方する際は十分に気を付けねばならぬほどに強力なものです。本当に毒が強すぎるため、基本的には内服もできません」

李成がそう補足すると、怒気のようなものが感じられた。発せられたのは、小鈴の主《あるじ》、沈璧だ。

「小鈴!! 毒虫だったとは聞いてませんよ!?」

「すみません！ ご存じなものかと思って……」

「小鈴！ いいですか！ あなたが思うほど、普通の人は虫に詳しくないのです！ 毒虫だと分かっていれば、陛下の御前に運ぶわけがないでしょう!?」

「は、はい！ すみません……！」

沈璧に叱られて、小鈴が慌てて頭を下げる。

その二人のやり取りを見て、詩雪は吹き出すように笑った。なんというか、相変わらずだからだ。

「それぐらいにしておいてくれ。小鈴に悪気がないのは分かっている。だが、小鈴。そなたが虫の扱いに慣れているとはいえ、さすがに毒虫を扱うのは遠慮してくれ」

そう言って、目に涙を浮かべるほど笑いながら、詩雪が言う。

そんな詩雪を沈璧がジトッとした目で見た。

「もう！ 詩雪様！ 笑っている場合ではありません！ 詩雪様が優しすぎるから、

小鈴が調子に乗るのです」

不満そうに言う沈壁の言葉に、すまないと笑いながら詩雪が応えた。

詩雪は、この虫を好きすぎる小鈴が可愛くて仕方がない。好きなもののために没頭できる彼女には、自分にはない自由さを感じて、少しだけ羨ましくさえある。

「まあまあ沈壁。何事もなかったのだし、小鈴も悪気があるわけではないし、何より姉上があれほど無邪気に笑ってくれたのは久しぶりだ。それで、良しとしよう」

いまだに怒り震える沈壁を、今度は忠賢がなだめた。

怒る忠賢を窘める沈壁という先ほどの構図から逆転している。それもまたおかしくて詩雪はさらに目元をにじませた。

その後は、沈壁はぷんぷんと怒りながら、小鈴を下がらせた。ちなみに彼女が持ってきた芫青は李成に渡り、薬として活用してもらうことになった。

諸々が片付いたころ、「……それでは、そろそろ戻ります」と言って、忠賢は立ち上がる。いつの間にか朝餉の時間の終わりとしてはちょうど良い頃合いだった。

隣の沈壁も忠賢に倣って席を立とうとしていたが……。

「沈壁、悪いが少し残れるか。話したいことがある」

詩雪が思うことがあって声をかけると、沈壁は不思議そうな顔をして立ち止まった。

「話したいこと、ですか？」

「ああ。それと、他の者は全員外してほしい。二人だけで話したいのだ」

「私抜きですか？」

忠賢が意外そうに口にするので、詩雪はニッと口角を上げた。

「そうだ。女同士の話だ。まさか交ざりたいなどと野暮なことは言うなよ」

そう言われて少しだけ怪訝そうに眉根を寄せた忠賢だったが、すぐに頷いた。わざわざ無理を言ってとどまる理由もない。

一礼してから忠賢や李成は去っていき、晶翠は音もなく消えた。おそらく詩雪の影の中に入ったのだろう。

凶獣である晶翠は常人にはできないことができる。

そうして部屋には詩雪と沈壁だけが残った。忠賢と離してまで何の話があるのだろうと不安そうな顔の沈壁を、詩雪はまじまじと見やる。

黒く艶やかな黒髪、肌理《きめ》細かい白い肌。出会った時と変わらず美しくはあったが、それでもよくよく見れば以前よりも肌の張りがない。化粧で隠しているようだが、目の下に少し隈が見える。体重も落ちているようで、愛らしくふっくらとしていたはずの頬の肉が少しだけ削げ落ちていた。

要は、化粧などで隠しているがやつれているということだ。

「沈壁、少し痩せたな？」

「はい……」

「理由に心あたりはあるか」

「……はい。あります」

言いにくそうに、沈壁は答える。本当は言いたくないのだろう。だが、詩雪の王の力がそれを許さない。

「理由を言いたくなさそうだが、正直に話してもらいたい。このまま尋問するように質問を重ねてもいいが、沈壁にはそうしたくないのだ」

詩雪が気遣わしげにそう言うと、少しの逡巡の後、沈壁は諦めたように息を吐いた。

「はい。誠国の王、詩雪様に申し上げます。今は少しだけ体調を崩しております。その原因は、おそらく現在常服しております薬のせいかと思われます。その薬は……」

そう言って、沈壁は一度言葉を止める。そして戸惑いをなくすように一度唾を飲み込んでから、再度口を開いた。

「私は、避妊の薬を服用しております。この薬は、効果はあるものの体調を少々悪くする副作用があるようです。ですが、日常生活に不便を来すほどではなく……」

「その薬はもう飲んではいけない」

沈壁の言葉を遮るかたちで詩雪がはっきりと言葉にした。

まっすぐ、射抜くように沈壁を見つめる。その視線に怯むように沈壁は目を見開いて、すぐに俯いた。

「けれど、その薬は必要なものです」

「……分かっている。私のためだな？」

指摘されると思っていなかったのか、沈壁はハッと顔をあげてから「はい」と弱々しく肯定した。

詩雪はやはりか、と呟いてから口を開く。

「本来王の子にしか現れない『王の力』が、稀にではあるが王の兄弟姉妹の子にも現れることがある。私が忠賢と沈壁との間に私以上に強い仙力を持つ子が生まれるのを恐れていると、沈壁は察してくれたのだな……」

凶獣である晶翠との契約は、あくまでも三歳以上の王の力を持ったものの中で一番強い者に受け継がれる。

つまり、もし、万が一、これから詩雪の子、もしくは忠賢の子が生まれて、三年経過した時、詩雪よりも仙力が強ければ、自動で晶翠の契約は子供に引き継がれてしまう。

実際、王の力を強く持って生まれた詩雪は、生まれて三年が経過した時に晶翠の契約が移ったのだと晶翠本人から聞いている。その時、誠国の王は、詩雪の父であったが、凶獣と契約していたのは父ではなく幼い詩雪だったのだ。

その当時、凶獣は王宮の地下で封印されていたためそれでも問題はなかった。しかし、現在凶獣は封印から解放されている。再度封印を施したくても、封印に使われていた諸々は全て呂芙容に壊され、封印の方法すら分からない。

それに同じく凶獣を抱える寛国の動きが分からないのも辛い。寛国から独立を果たして一年以上経つが、その間何もされていないのは、誠国も凶獣を従えていることが知られているからだ。もし、凶獣を再び封じたと分かれば、寛国がまた動き出す可能性は十分にある。

「詩雪様が伴侶を選ぶことに消極的でいらっしゃるのは、凶獣との契約がお生まれになった御子様に移ることを懸念していらっしゃるから、ですよね？　幼子に凶獣を御す責を背負わすのは、私も酷と思えます」

「それは、そうだが……。だが、だからといって沈壁が身体を壊してまで薬を飲むことを許容はできない」

「ですが私も譲れません。詩雪様が懸念されるお気持ちは分かります。私とて、恐ろしいのです。まだ三つという幼い年齢で、凶獣の力を手に入れてどうして堕ちずにおられましょうか。今、晶翠様が大人しくしていらっしゃるのは、御しているのが詩雪様だからです。それを他の誰かに、ましてや幼子には託せません」

「……自覚はないが晶翠の話によれば、私の力は今までの例にないほどに強いという話だ。そう簡単に契約者は変わらない、はずだ」

「稀の中の稀であることは私にも分かります。ですが、その稀なることを詩雪様は警戒していらっしゃる」

その通りだった。

譲る気はないという沈壁の強い瞳が詩雪を射抜く。話し合う前は、おどおどしていた沈壁だったが、腹を括ったのだろう。

これから詩雪が何を言おうとも、自分の方針を変えるつもりはない。そういう気持ちが伝わってくる。

「忠賢は知らないのだな？」

「忠賢様にはお伝えしておりません。忠賢様は、王の力を持つ者がご自身と詩雪様しかいないことをとても恐れていらっしゃいます。現状、詩雪様にもし万が一のことがあった際に、凶獣を御さねばならなくなるのは忠賢様です。加えて、忠賢様は詩雪様のお力を絶対のものと信じ、それを凌ぐ者が生まれる可能性は除外しています。詩雪様のご治世のうちに、凶獣を御せるような後継者を早くに育てていきたいとお考えです。故に強く子をお望みなのです」

「そうか……」

忠賢の言いたいことも分かる。詩雪自身も、幼子に凶獣との契約が移ることを懸念するのは考えすぎかと思うこともある。だが、幼い頃より無能と蔑まれて生きてきた詩雪は、自身の王の力というものに自信が持てない。

とてもあやふやなものにしか感じられず、それゆえに怖い。

「それに……もし忠賢様に詩雪様のお気持ちを説明してご理解いただいたとしても、その時、忠賢様は私ではなくご自身のお身体に何か処置をしそうで……」

と沈壁はおずおずと答える。

確かにと詩雪は頷いた。沈壁に薬を飲ませるぐらいならば自分の身体を子供ができぬように対処すると言い出しそうだ。

「だが、今そなたが飲んでいる避妊薬は、あまりにも危険だ。宮廷医に作らせたものではないのだろう？」

「はい。宮廷医を通せば、忠賢様に知られてしまう可能性がありますので」

「ならば、今日からはこれを飲んでほしい。李成に内密に作らせた避妊薬だ」

そう言って、詩雪は懐から薬包を取り出した。

「誠国で一番の薬師の調合だ。市井に出回る薬よりも、効果がある上に副作用も少ない。とりあえず、これは今日の分だ。残りはあとでまとめて贈ろう。もちろん、忠賢には悟られぬようにする」

「詩雪様……」

「身体の変化に、すぐに気づけず申し訳なかった」

「いえ、詩雪様が謝ることではありません！」

「良いのだ。私の憂いを分かろうとしてくれたことが何よりも嬉しい。一刻も早く、そのような薬に頼らなくても済むよう、私も何か対策を考えるつもりだ」

「詩雪様……。申し訳ありません。ありがとうございます」

そう言って沈壁は頭を下げた。頭上を飾る歩揺《ほよう》がしゃらりともの悲しげに鳴った。

詩雪はかすかに唇を噛んで、視線を下げる。

早々に、寛国との関係をどうにかしなければ。せめて、凶獣との契約についてある程度は自分達で整えることができる何かを見つけ出さねばならない。

それは突然だった。

数日前に寛国の使者が訪れた。

寛国の属国から解放されて一年が経過しているが、その間ほとんど彼の国とは交流がない。それぞれ凶獣を有するもの同士。下手に動けず、様子見を続けていた。

それが突然の使者来訪である。何かあるのか。また戦を始めるつもりなのか。

誠国の面々が戦々恐々とする中、使者が告げたのは驚くべき内容だった。

「それで、そなたが寛国の王弟、寛文頼《ブンライ》殿で間違いないか」

詩雪はこちらに恭しく頭を下げる男を玉座から見やってそう言うと、男は前に垂れた長い赤髪を耳にかけながら顔をあげた。

「はい。間違いございません。女王陛下。私は寛国の王であられる寛虎静《コセイ》の弟、寛文頼でございます。文頼とお呼びくださいませ」

そう言って笑う顔には、自分の容姿に対する自信が垣間見えた。長い髪は、寛国で尊いとされる赤色に輝いている。きりりとした眉も同じ色。鼻梁が高く彫りが深い顔立ちは誠国では珍しいが、それでも美しいという印象は変わらない。

年齢は二十そこそこと事前に聞いているが、その寛国独特の彫りが深い顔立ちのせいか、それとも背丈が高いからか、もう少し大人びて見える。

とんでもない美男子が来たものだと詩雪は内心で苦く笑った。

「寛国の王宮から遠路はるばるよく参られた。だが、事前に使者をよこしたとはいえ、あまりにも唐突にすぎるように思うが、そなたはどう思っている？　本当にこの私の婿になりたいと？」

事前によこされた使者が持ってきた知らせは、寛国の王弟との縁談だった。王弟をよこすので婿に迎えろという内容だ。そこに拒否権のようなものはないようで、王弟をよこす日取りまでもが決まっていた。

「はい、もちろんにございます。私は女王陛下の伴侶になるべくここまで来ました。

必ずや女王陛下に愛される夫になる、その覚悟で参ったのです」

澱みなく文頼は答えた。そこに嘘がないのは、詩雪の問いかけに対しての答えということで明らかではある。

（しかし、『愛される夫になる』か……なるほど）

内心どう思っているとしても、嘘にはなりにくい言葉だ。事前に用意していたのだろう。

詩雪はもともと『嘘を聞き分ける力』を持たない無能の王女と蔑まれてきたが、それらは忠賢を王位につかせたいがために悪妃・呂芙容の広めた嘘だということになっている。つまりほとんどの者が、詩雪は『嘘を聞き分ける力』を持っていると思っていた。

当然、かつての宗主国であり、ある程度誠国の内情を知る寛国の人間もそう思っている。

詩雪に『嘘を聞き分ける力』があると念頭に置いた上で、文頼は口にする言葉をあらかじめ決めてきた可能性は高い。

甘く蕩けるような笑みを浮かべた文頼を詩雪は警戒するように目を細めて眺めた。

「立派な覚悟を持ってこられたようだ。……そういえば、寛国の王族には『執着を見極める』力があると聞いている。誠に王族であるのならば、その力を持っているのだろうか？　知っていると思うが、誠国の王族である私には『嘘を聞き分ける』力がある。誤魔化すことはできないぞ」

挑発的な笑みを浮かべて詩雪が問う。本当を言えば、詩雪の持つ力は『嘘を聞き分ける力』ではなく『誠実に答えさせる力』だが、そのことを他人に、しかも他国の者に教えてやるつもりはない。

「はい。間違いありません。私も、恐れながら始祖様のお力を引き継いでおります。もし気になるようでしたら、私の力の片鱗をお見せいたしましょうか」

「頼む」

「では、そうですね……そちらの方はどなたでしょうか？」

そう文頼は言って視線を右にずらした。その先には、宦官服を着た晶翠がいる。

「私の中常侍《ちゅうじょうじ》だが」

晶翠は凶獣であるが、それを知るのはごく一部の身内だけだ。対外的には中常侍という常に王に侍って便宜を図る役職の官吏《かんり》として表に出ている。

「なるほど。中常侍」

そう言って意味ありげに微笑むと改めて口を開いた。

「陛下はそちらの中常侍とはただならぬご関係のようですね」

詩雪は僅かに目を見開いた。ただならぬ関係。それはそうだろう。晶翠と詩雪は、凶獣と王というまさにただならぬ関係だ。まさか見抜かれたのか、とうっすらと冷たい汗を背中にかく。だが、動揺を悟られないように、詩雪は努めて冷静な顔を保ちつつ口を開いた。

「どうしてそう思う?」

「お二人の間に執着の糸が見えてございます」

「執着の糸?」

「はい、これこそが寛国の王族に伝わる仙力です。執着しているものに赤い糸が伸びて見えるのです。今現在、恐れながら陛下と中常侍様の間にはその執着の赤い糸が結ばれております」

文頼の話を聞いて詩雪は安堵した。話を聞く限りでは、晶翠が凶獣であると暴かれたわけではないようだ。

文頼がどこか意味ありげな笑みを浮かべているのは、晶翠が凶獣であると見抜いたわけではなく、おそらく……。

「ご安心くださいませ、陛下。私は愛人の一人や二人は気にいたしません。それにいつかその執着の糸の先が私に向かうことになると確信しております」

文頼はどうやら、晶翠を詩雪の愛人とみなしたらしい。部屋にいる誠国の官吏達が、無礼だなんだとざわつき始めたが、詩雪は逆に気持ちが落ち着いた。

凶獣との関係を言い当てられるよりはマシだ。

そっと右手をあげて官吏達を黙らせると、詩雪は改めて文頼を見やった。

「なるほど。とても興味深い力のようだな。だが、先の知らせではそなたを婿にとる代わりに我が国からも寛国に人をやれというようなことが書かれていた」

「はい、その通りでございます。北の寛国、西の誠国。我らは対等な関係でございます。どちらか一方が嫁ぐというかたちは、あまりにも不格好でありましょう」

「とはいえ、こちらから王族は出せぬ。知っての通り、誠国に王族は私と弟の二人しかいない。子宝に恵まれたそなたの国とは違う」

寛国は先王が五人の王子を設けている。噂によればそのうちの一人はすでに亡くなっているようだが、それでも四人いる。現在の寛国の王は、その五兄弟の長男である虎静が就いている。

「存じております。陛下のことをよく知る人物であれば王族でなくても良いと仰せです。陛下に仕える侍女でも構わないと。あくまでも、対等な関係であるという体裁が保てれば良いとのことでした」

「それは、なんというか……大らかだな」

「寛容さこそ、我が国の美徳でありますれば」

誠国では誠実さこそが最高の美徳とされているが、寛国では寛容さこそが最高の美徳とされている。とはいえ、これはあまりにも寛容にすぎる気がしてならない。

詩雪は斜め下に控えている弟の忠賢に目をやった。忠賢は詩雪の視線を受けて、僅かに首を横に振る。忠賢は『嘘を聞き分ける力』を持っているので嘘があればすぐに分かる。だが、嘘はないらしい。とは言え、少しだけひっかかりを感じた。

「私のことをよく知る人物であれば王族でなくても良いと言ったのは、誰だ？」

詩雪の質問に、寛国の王子は僅かに目を見開く。思ってもみなかった質問をされたとその顔が何よりも物語っている。

「それは……雲慶《ウンケイ》兄上でございます」

「雲慶……寛国王の名ではないな」

今の寛国の王の名は、虎静だ。

凶獣を解放し、節国と誠国を侵略した王の名前だ。忘れるわけがない。

「はい。雲慶様は先王がもうけた五人兄弟において三番目にあたる兄上です。王を補佐する宰相の地位についてございまして、政の諸々を担っておいでです」

「一つ聞くが、寛国の凶獣を解放し、我が国に侵略しようと決めたのはその雲慶か？」

「ち、違います！　雲慶兄上はそのようなことはなさいません。それらは、全て……寛国の王、虎静兄上の命です！」

文頼は弁明するように慌ててそう答えた。

「ほう。なかなか複雑なようだ。今回、突然文頼殿を私の婿としてよこしたことには深い事情がありそうだが、話してくれるな？」

詩雪の絶対に嘘をつかせない力を前にして、文頼は戸惑いながら口を開いた。

「は、はい。寛国は、その、長らく二つの派閥に分かれているのです。他国への侵略を強引に推し進める虎静兄上の派閥と、それを諌める雲慶兄上の派閥です。私は、雲慶兄上の派閥に属しております。国同士の無益な争いは望んでおりません。ですが、常にそばに恐ろしい凶獣を侍らせている今の虎静兄上の力は絶大です。加えて、こちらの意見を聞こうともせず、強硬な姿勢を崩しません。今の寛国王は、もう寛国にいる者では止められません。ですが……誠国の女王陛下。あなた様でしたら……我が国の王と同じく凶獣を従えていらっしゃる陛下でしたらきっと今の寛国の暴走を止めることができる。そう思い、誠国と強い縁を結ぶために私は誠国の臣下になることを決めたのです」

「どうして誠国を頼ろうと思った？　他にも頼るものはいるはずだ。……例えば、善国。寛国は、善国を侵略できていない。一度は堕ちた我が国よりも、善国に頼ろうとは思わなかったのか？」

善国は今まで一度も寛国に侵攻されていない。それに加えて、一人の王が三十年以上も長く統治しており、治政が安定している印象がある。兵士の練度も高いとの噂も聞く。だから、節国、誠国と続けて侵攻した寛国が善国には手を出していないのだと思っていた。

「善国が、我らに手を貸す利点があまりありません。それに、手を貸してくれたとしても、今の寛国にとっては大した力にはならないのではと思います。かの国が寛国の侵略を免れているのは、善国が強固だからではなく、おそらく距離の問題です」

「距離……？」

話を聞きながら詩雪は四獣封地の地図を思い描いた。

四獣封地の大陸はひし形をしている。国境が対辺の中央を線で結ぶようにして引かれており、北を寛国、西を誠国、東を節国、南を善国が治めている。

対辺を結ぶ二つの線が交じわる大陸の中央だけは、天帝を祀る神殿が建てられどの国にも属さない神聖地だ。

つまりは北の寛国と南の善国の国境は全く接していない。それに、誠国の王都は国のちょうど中央に位置しているが、善国の王都は南に寄っている。

そう考えると、寛国の王都から善国の王都までの距離は、誠国や節国と比べて遠いのは確かだ。

「寛国の凶獣の力は絶大ですが、おそらく距離的な制限があるのでしょう。寛国の王は、善国の世情を探ってはいるようですがいまだに手を出しておりません。それは手を出していないのではなく、距離が離れており凶獣の力が行き届かないからなのではと思うのです。そうでなければ、もうとっくに善国も落とされていますから。寛国の、凶獣の力は絶大なのです。一度は、戦ったことのある陛下でしたら、そのことはご存じかとは思いますが」

話を聞いて詩雪に思わずかつての苦い記憶が蘇る。

寛国の凶獣は、憤怒の凶獣、檮杌だ。檮杌は人々から理性を奪い、ただの一兵卒ですら死を恐れぬ屈強な戦士に変えることができる。檮杌の術にかかった寛国兵の軍団は恐ろしいほどの強さを誇り、誠国軍では全く相手にならなかった。

その悍《おぞ》ましいほどに強い寛国兵を退けることができたのは、誠国の凶獣、窮奇の力のおかげだ。

窮奇、つまり晶翠には、人の心を惑わす力がある。晶翠は、憤怒に駆られて理性を失った寛国の兵士達を惑わして、そのまま国に帰したのだ。そのためほとんど戦うことなく、詩雪は寛国の手に落ちていた王宮を取り戻した。

確かに、凶獣の力を退けられるのは、凶獣しかいないのかもしれない。

「なるほど……そういうことか」

詩雪は深く頷いて何かを考え込むように顎の下に手を添える。

（善国を侵略しないのは、距離的な問題か……。凶獣の力の及ぶ範囲に制限があるというのは、あるかもしれない。それに私の問いに対する答えである以上、少なくとも文頼がそう思っていることに嘘はない。だがその前に……）

「寛国の暴走については私も頭を痛めているが、こちらとてその暴走の後始末で余裕があるわけではない。寛国の王を追い落とすために挙兵をする気もない。それにもともと、私は他国のことに口を出すのは好かない。それこそ今の寛国がやっていることと変わりがないからな」

「はい、今は、陛下がそうお望みなのでしたらそれ以上は求めません。私はただ先ほども申し上げました通り……陛下と縁を結ぶためだけに参ったのです。凶獣を従えた誠実なる女王陛下と縁を結び、愛されることこそが私の使命にございます」

いやに熱心な瞳が詩雪を射抜くように見る。彼の言に嘘はない。分かっているが……その奥に潜む企みが見え隠れしている。

だが、この話は、詩雪にとっても悪い話ではない。

詩雪は口角を上げて笑ってみせた。

「分かった。そこまでの覚悟であるならばそなたを誠国で預かろう。だが、さすがに王配《おうはい》として迎え入れるには急すぎる。まずは婿候補として、側室に入ることになると思うがそれでも良いか？」

詩雪が、そう言うと文頼の顔が輝く。

「もちろんでございます！　感謝申し上げます、女王陛下！」

「貴国には、私が最も信頼している侍女を出そう。それで構わないのだな？」

「はい！　構いません！　お噂に違わずの美しさに、誠実さ。この私は、陛下のために誠心誠意尽くすことを誓いましょう！」

感極まった様子で文頼は言うと、頭を下げた。

文頼の夕日のような赤い髪が優雅に揺れ動く。

ちらりと横目で忠賢を見た。首を横に振っている。先ほどの言葉にどうやら嘘があるようだ。おそらく『誠心誠意尽くすことを誓いましょう』の部分だろう。

文頼も嘘を言わぬようにと警戒していたようだが、最後の最後で気が緩んだと見える。

詩雪は、赤い後頭部を眺めながら思わずほくそ笑んだ。

第二章

文頼は僅かに緑がかった玻璃《はり》の盃《さかずき》を傾けて、酒を口に含んだ。

誠国の酒は、寛国のものと比べてまろやかで飲みやすい。だが今の文頼は、燃え盛る火を飲み干すような寛国の辛い酒が飲みたくてたまらなかった。今はもう飲まないとやってられない気分だったからだ。

盃の酒を一気に飲み干すと、乱暴に卓に置く。

「いやいや文頼様、さすがに飲みすぎではありませんか」

寛国から連れてきた小姓が呆れたようにそうこぼすのが聞こえたが、文頼はふんと鼻を鳴らして空いた盃に酒を注いだ。

「うるさい。これぐらい別にいいだろ。せっかく誠国まで来て、女王の反応も良く、側室に入れたと思ったのに、何故……」

そこまで言って文頼は言葉を止めた。そのさきの言葉はあまりにも惨めで嫌になる。だが、一度吐き出そうとした愚痴は、結局止められず「何故女王陛下は私に会ってくれないのだ」と苦い声が漏れた。

押しかけるように誠国に赴き、女王に謁見して無事に側室に入れることになった。王配になれればそれが一番いいが、突然やってきた他国の王族をすんなりと王配にしてくれるとは元々考えていない。

追い返されずに、誠国にとどまることさえできれば文頼はそれでいいと思っていた。

側にいさえすれば道は開ける。そう思っていたのに、文頼は最初に女王である詩雪と謁見して以降、一度も女王に会えていない。あれから、すでに十日が過ぎている。

会いに行こうとしても、今は執務で忙しいと侍衛《じえい》に阻まれ、その姿を見ることすらかなわない。

「おかしい。さすがにこれはおかしいだろう。女王は確かにこの俺の顔を見たはずだ。最初の謁見の時に、そうだろう!?」

「まあ、見てたでしょうね。文頼様のお顔」

「そうだろう!?　それなのにそれ以降俺に会おうとしないとかおかしいと思わないか!?」

「一応、聞きますけど、その根拠は？」

「根拠も何も、この顔を見れば一目瞭然だろうが！　この顔だぞ!?　幼い頃より、親や兄上からも可愛がられ、顔が良すぎる文頼の名をほしいままにしていたこの文頼の顔だぞ!?」

「あ、はい」

疲れたように小姓は相槌を打ったが、そんな様子に気づかず文頼は悔しそうに拳を握りしめた。

「これでは、このままでは！　目的を達せられない！」

そう、目的。文頼は敬愛する兄の命で誠国に訪れた。

文頼の目的は、謁見時にも女王に聞かせた通り、誠国の女王と縁を結ぶこと。つまり愛してもらうこと。そこに嘘偽りはもちろんない。だが、もっと深くまで言えば……。

「女王を俺の虜にして、俺の願いならなんでも聞き入れてくれるようにしたかったのに……」

謁見時に語った文頼の立場や寛国の情勢に偽りはない。寛国は二つに割れている。過激な王の派閥と、それを諫める雲慶の派閥。

文頼は雲慶の派閥に属し、暴走している今の寛国を止めたかった。

そして止めるためには、誠国の女王の力がどうしても必要だ。

だが他国のことに誠国の女王が力を貸してくれるかというと、そうでもない。だから、文頼は女王に嫁ぐことにしたのだ。

女王とて、愛する男の願いを無下《むげ》にはできない。そう思って。つまりは女王を己の虜にして意のままに操るつもりだったのだ。

愛される自信はあった。なんと言っても顔がいい。それに、謁見の時も手応えはあった。実際、女王は文頼の輿入れを許したのだから。

（なのに、何故、会ってくれないのか……）

これでは女王に愛してもらうことができない。誑かすことができない。

「……何故、会ってくれないのだ」

何度目かになる嘆きを消え入りそうな声でこぼすと、小姓がポンと文頼の肩を叩いた。

「普通に考えて、好みの男性ではなかったのではないですかね？」

ここまで一緒についてきてくれた小姓をギロリと睨みつける。

「俺の顔が好みではない女がいるわけないだろう！」

「とっても前向きで、私は文頼様のそういうところ、結構好きですよ。ですが、人の好みというのは色々ありますから。もしかしたらお髭モジャモジャで恰幅《かっぷく》が良くて脂ぎったような顔の雄々しい方が好みなのかもしれません」

小姓に言われて、文頼は少し考えてみる。だがすぐに首を横に振った。

「それはないだろう。今の女王の愛人の顔を見ただろう？　女王のすぐ側にいた中常侍」

そう言って、文頼は謁見の時に見た女王の愛人、晶翠という男のことを思い出した。

珍しい銀の髪に、中性的な顔立ち。神が作った芸術品かと見間違うほどの美しさだった。

「あー、あれは凄まじい美貌でしたね。まさに絶世の美男子でした」

「あれを愛人にする感性をお持ちなら、俺だって女王の好みの範疇に入る。しかも俺は中常侍と違って高貴な寛国の王族だ。俺に興味を持たないわけがない」

「あー気持ちいい。文頼様の気持ちいいほどの自惚《うぬぼれ》っぷり、私大好きですよ」

「やめろよ。俺には惚れるな。気持ちは分かるが……俺は男は好かない」

「分かっていますし、私もそういう意味で好きなわけではないのでご安心ください。ですが、確かに今の状態は苦しいですね。これではわざわざ誠国まで来た意味がない」

「雲慶兄上に失望されてしまう……」

「いや、彼のお方は笑って許してくださると思いますがね。ですが、このまま酒を飲んで日々を怠惰に過ごすだけというのも、なんというか生殺しというか……」

　と小姓が何か嘆く途中で、慌てた様子で女官が入ってきた。

「失礼いたします！　誠国女王陛下、詩雪様が、文頼様にお会いしたいとこちらに来られております！」

　唐突な知らせに、思わず文頼はがたりと音を鳴らして椅子から立ち上がったのだった。

　文頼が女王の側室になると決まり、今は女王の後宮内にある屋敷を与えられてそこに住んでいる。とても立派な軒反りの屋根をした屋敷だ。赤色を国色としている寛国では宮中の屋根や柱も赤色に塗られているが、誠国の建物は基本的に碧色に彩色されている。最初見た時は戸惑ったが、慣れてくればなかなかに優美な趣を感じる。

文頼はその屋敷から出ると、屋敷の敷地内に作られた小さな東屋《あずまや》に向かった。

突然の誠国女王来訪の知らせを受け、ひとまずその東屋で待ってもらうことにしたのだ。

文頼とて色々準備がある。誠国の女王を口説き落とすために、自らを着飾らないとならない。

朱色の衣に黒糸で亀甲紋様《きっこうもんよう》をあしらった豪奢《ごうしゃ》な袍《ほう》、襟の縁取りや腰帯は金錦。女王の心を射止めるために金を惜しまずに準備させた一張羅だ。

長い髪を軽く結わえて後ろに流す。高貴な朱色の髪を見せつけるためにまとめすぎないようにする。そして艶が出るように香油を軽く塗った。香油には、華やかな茉莉《まつり》花《か》の香り。

そして何よりも文頼を美しく見せるのが……この陽光だ。

横からさす橙色の西陽を眩しそうに目を細めて見つめた。

この西陽こそが、文頼をより美しく見せるための最大の武器。文頼の朱色の髪は、西陽を浴びることでより一層その尊い赤色を輝かせる。

そうと分かって、誠国の女王を東屋に待たせた。

背後に西陽を背負う形で文頼は、東屋に着くと、そこに座る貴人の背中に向けて声をかける。

「申し訳ありません。女王陛下。お待たせいたしました」

声をかけると、貴人はゆっくりと振り返った。彼女の黒檀《こくたん》のような髪が揺れる。

寛国の横暴から自国を救い解放した誠国の女王がそこにいた。

西陽を背負った文頼を見て、眩しそうに目を細めた。

「大丈夫だ。それほど待っていない」

若く美しい娘には不釣り合いのようにも思える無骨な話し方で、女王が鷹揚《おうよう》に笑う。

その女王の姿を失礼にならない程度に眺めた。

(美しく誠実なる女王と自国の民にもてはやされているだけはある。確かに、美しい)

だが、自分も負けていない。文頼は気持ちを強く持って微笑んでみせると、女王の御前にひざまずいてその手をとった。

「女王陛下にお会いできて嬉しく思います」

そう言って、手の甲に唇を乗せる。寛国の女どもであれば、文頼がこのようなことをすれば失神するほどに歓喜したに違いない。だが、今の相手はあの誠国の女王だ。

凶獣を手なずけ、寛国を追い払った強い女王。しかも、文頼が来たというのに十日も放置してみせた女だ。これぐらいで動じるはずもない。

そう思っていたが、女王の手がかすかに震えた気がした。

動揺しているのだろうか。

文頼が気になって顔をあげると、頰を少し赤らめて照れくさそうにしている女王と目があった。しかも目が合った瞬間、慌てて視線を逸らす。

思いの外に無垢な若い乙女のような反応を返されて、文頼の方も戸惑った。

(意外な、反応をされる……)

謁見の時にも感じた威圧感が嘘のようにない。可憐な娘のようにそこにいる。

思わず見入っていたが、女王が咳払いをして、向かいの席に座ったらどうだと声をかけてきた。

文頼はハッとして言われた通りに腰掛ける。

あまりにも意外な表情を目の前にして呆けてしまったが、女王の反応は悪くなかった。女王を口説き落とすのはなかなかに骨が折れそうだと思っていた文頼は、とたんに自信が湧いてくる。

「なかなか会いに行けず、すまなかった。決して文頼殿を軽んじたわけではない。貴国に遣わす者の準備で少し忙しくしていたのだ。貴国に送るのは今まで私の世話をよくしてくれた侍女でな。その引き継ぎなどもあるし、最後の最後まで一緒にいたかったのだ」

伏目がちに、本当に寂しそうに女王が語る。思わずその細い肩を抱きしめて慰めて差し上げたい衝動に駆られたが、さすがに距離を詰めすぎだろうと思って自重した。

「……それほど別れがお辛かったのでしたら、別の者をお遣わしになればよろしかったのに」

「寛国からは王族が来られているというのに、そのような中途半端なことはできない。それに私は、文頼殿と確かに約束した。私が最も信頼する者を渡すと」

そう言って真っ直ぐ文頼を見つめる眼差しが真摯で眩《まばゆ》いほどだった。

「さすがは……誠国の女王陛下ですね。それほどひたむきに考えてくださっていたとは」

これは素直な賞賛だった。もともと体裁を整えるためだけだったのに、これほどまでに誠実に向き合っているとは思わなかった。

さすがは誠実さを最高の美徳とする誠国の女王と言うべきか。

「申し訳ありません。私が来たことで、陛下の親しい者とお別れをせねばならなくなるとは思わず……。きっとお寂しいことでしょう。その寂しさを私がお埋めできたらいいのですが……」

「ありがとう、文頼殿。確かに寂しくはあるが、思いの外に私は大丈夫でいるらしい。ここで、文頼殿のことを待っている間、そなたのことばかり考えていた」

「え……」

思ってもみなかった言葉がこぼれてきて、文頼は目を丸くした。

「恥ずかしいが、私はあまり、その……親しいと言える男性がいない」

「あの、恐れながら、先日の謁見の時の、中常侍とは……」

「なんだか変な勘繰りをされていたみたいだが、あれとは何もない。あれは……そういうのではないのだ」

そう言って、恥じらうように下を向いた女王が垂れた髪を耳にかける。

些細な仕草の一つ一つが、事前に聞いていた女王像とあまりにも違って、なんとも言えない気持ちで見つめた。

あの中常侍とは、本当に何もないのだろうと思わせてくれるような清らかさが、女王にはある。

卓に用意されたお茶を口にする。緊張しているのか、喉が渇いていた。

(思ったよりも、可愛らしい方のようだ)

文頼は思わず笑みを深めた。どうせ好いてもらうなら、可愛らしい人である方が良い。

「それは、私としてはとても嬉しい報せですね」

そう言って、卓に置かれた無防備な女王の手にそっと自分の手を重ねる。女王がハッとして顔をあげた。

「陛下とあの中常侍との間に結ばれた赤い糸を見て、私の胸が張り裂けそうだったことなど陛下にはお分かりにならないでしょうが」

文頼の言葉に、目を瞬かせた女王はふっと笑みを浮かべた。

「文頼殿は、ご冗談がお上手だ」

「冗談のつもりはありません。嘘の音が聞こえましたか？　本心ですよ。ですが、陛下に笑っていただけたのでしたら、それでも構いません。陛下の笑み以上に尊いものなどないのですから」

実際、中常侍との間に赤い糸を見た時は、面倒なことになったと不快な気持ちになったのは事実。嘘ではない。

文頼は女王に微笑みかけると、細い女王の手を握る。

こちらを見ていた女王は恥ずかしそうに視線を逸らした。

(思いの外に簡単だな。これならあと一押しでいけそうだ)

唇を重ねるために顔を近づけた。このような初心《うぶ》な小娘には、少しぐらい強引な方がいい。何より文頼には、この美しすぎる顔がある。この顔がある限り、何をやっても許される。今までだって許されてきた。

「……文頼殿がお優しい方で、良かった」

女王がポツリとそうこぼす。唇を重ねようとしていた文頼は、動きを止めた。

「優しい、ですか？」

思ってもみないことを言われて虚をつかれる。

寛容さが最高の美徳とされる寛国で、優しいといった言葉は最高の褒め言葉だ。だが、あいにく文頼はあまり言われたことがない。

自分でもその理由は分かっている。文頼は他の兄弟と比べると、寛容さがない。いや、文頼が人一倍頑迷だということではない。ただ、他の兄弟達の出来が良すぎるのだ。今でこそ暴走している長兄も、次兄が亡くなるまでは無口ではあったが優しい兄だった。文頼が他の兄弟達と比べて誇れるのは、顔面ぐらいしかない。少なくとも文頼はそう思っている。

「文頼殿は優しい。侍女と離れて寂しく思っている私を気遣って、温かな言葉をかけてくれる」

そう言って、女王が顔をあげた。澄んだ瞳が真っ直ぐ文頼を見つめていた。先ほど文頼自らが近づいていたこともあり、距離が近い。

「……当然です」

掠れた声が漏れた。もっとうまい言葉を言わねばと思うのに、当たり障りのない言葉しか出てこない。何故か緊張しているようで、また喉が渇いてきた。

「それに、文頼殿は、勇気がある」

「ゆ、勇気?」

また思ってもみないことを言われた。

勇気なんてものを、文頼は持ち合わせていない。長兄の暴走を三兄のように真っ向から諫めるでもなく、こっそりと三兄の背中に隠れているだけだ。背中に隠れているだけなのに、それで支えている気になっている弱虫なのだ。

文頼は長兄が恐ろしくてたまらない。いや、長兄というよりも長兄のそばにいつも侍っている凶獣檮杌が。

それなのに……。

文頼の戸惑いが顔に出ていたのか、女王がまた口を開く。

「文頼殿は寛王の暴走を止めるために、一人誠国にやってきた。横暴を行う王を諫めるために、寛国の理想のために、慣れ親しんだ生まれ故郷を離れたのだ。そのようなことはそう簡単にはできない。文頼殿は、勇気のあるお方だ」

女王の言葉を聞いて、思わず言葉に詰まった。

そんなふうに言われたのは初めてで、言葉の一つ一つを噛みしめるようにして何度も反芻《はんすう》する。

顔だけ王子。

幼い頃によく言われた陰口が脳裏によぎる。他の兄弟に比べて出来の悪い文頼に、周りのもの達は冷ややかだった。可愛らしいと何度も褒められたが、逆を言えばそれしか褒めることがなかったのだろう。

だが、文頼だって、何もしなかったわけではない。兄達のように努力をしたつもりだった。寛国の王族に相応しい寛容さを身につけようとした。学も武も、兄達に負けないようにと励んだ。だが、兄達のようにはなれなかった。

「そなたのように、寛容で勇気のある方が、私のそばにいてくれて嬉しい」

呆然とする文頼の耳に、女王の甘い言葉が入ってくる。

女王が、文頼の手を握り返した。

顔が近い。何故こんなに近いのだろう。

距離の近さを自覚して、途端に文頼の顔に熱が集まってくる。

(おかしい……身体が熱い。何故、こんな……)

混乱する頭で理由を探す。

そういえば、女王に会う直前に誠国の酒を飲んだ。滑らかな口当たりのお酒。あまりにも滑らかなので、何杯も飲んでしまった。

今になって、あの時飲んだ酒が悪さをしている。無害そうな顔をしてやわらかな口当たりで文頼の身体の中にするすると入り、そして後になってじわじわと追い詰めているのだ。

きっとそうに違いない。きっと……。

文頼は、己の顔が赤いのを酒のせいにして、女王の瞳を見つめたまま固まることしかできなかった。

四獣封地の大陸の北にある寛国の宮殿は、いつもよりも騒々しかった。

国色である赤旗を掲げて作った道を、碧色の輿が通る。

この輿には、四獣封地の西側を治める誠国から来た女性が乗っているという。

寛国王の後宮に入る新たな妃だ。寛国王の三番目の弟が誠国に嫁ぎ、その代わりに誠国からよこされた王の妃だ。

事前に共有された情報では、娘は誠国の名家のご令嬢で、一年ほど誠国女王の侍女を務めていたという。

他国からの輿入れは珍しい。出迎えのために多くの官吏達が駆けつけていた。

だが、寛国のものからすれば、相手が名家とはいえ侍女をよこすということに不満がないわけではない。なにせ、こちらは王族を差し出しているのだから。

碧色の輿を見つめる視線には、どこか不満の色がある。

寛国王がいる鳳凰殿《ほうおう》の目の前で、その碧色の輿が止まった。そして輿から一人の女性が降りてくる。

身に纏う装飾は、誠国の姫であることを示すかの如く、碧色の衣。細やかに金糸で花や蝶が描かれている。その碧色の衣を翻して女性が降り立つと、忙しなく働いていた官吏達が思わずといった具合いで動きを止めて、誠国の女性に視線を注いだ。

黒く艶やかな髪を翡翠《ひすい》でできた髪飾りでまとめ上げ、少し下がり気味の眉のたおやかさがどこか色っぽい。切れ長の瞳であたりを窺う様子は、初めての地に立つことに少し怯えている様子だ。その弱々しさがあまりにも愛らしく、今すぐ抱きしめてあげたい衝動に駆られるだけの儚さがある。

だがそのようなことはできるはずもない、彼女は寛国王の新しい妃なのだから。

いつの間にか、寛国の官吏達の視線から不満の色が消えていた。

「これはこれは……素晴らしい美姫《びき》がいらした」

ここにいる官吏達の気持ちを代弁するかのように、感嘆の声が響いた。ちょうど一人の若い男が、鳳凰殿に至る階段を降りてきている。

歳の頃は二十五、六。整った顔に柔らかな笑みを浮かべた美丈夫で、温かささすら感じられる歓迎の視線で誠国の姫を見つめている。

男の髪と目は寛国の国色である赤色をしていた。長い髪を後ろの高いところで纏めて馬の尻尾のように流している。そして頭上には王族であることを示す鳳凰紋様が刻まれた烏帽子《えぼし》があった。

それを認めて、誠国の花嫁は目を丸くする。

「あ、あの、もしかして寛国の王様でいらっしゃいますか？」

おずおずといった具合に、気恥ずかしそうに姫が尋ねる。

赤い髪も、鳳凰紋様も、寛国の王族ならではのものだ。誠国の姫がそう思うのも当然だったが、男は首を振った。

「申し訳ありません。陛下は、謁見の間におられます。私は案内を任されました。陛下の弟、雲慶にございます。以後お見知りおきを」

そう言うと、片膝をついて片手を差し出した。

誠国の姫は、こくりと頷いてその手に自分の手を重ねた。

美女と美男が手と手を取り合う様があまりにも麗しく、周りにいたもの達は仕事も忘れて呆けた顔をして二人を見送った。

万が一この中に、実際に誠国に行ったことがあり、その女王を見たことがあるものがいたら、気づいたかもしれない。

寛国にやってきた誠国女王の侍女というこの女こそが、儚げに見える化粧で多少の変装をした女王本人だということに。

（意外といけるものだな）

寛国の王弟に手を引かれながら、誠国の女王、詩雪はほくそ笑むのだった。


玉座の前に着くと、誠国から来た人質の姫、という体でやってきた誠国の女王である詩雪は深々と頭を下げた。

目の前には御簾《みす》がかかっていてまだ寛国の王の姿は確認できていない。おそらくこの御簾の向こうにいるのだろう。

誠国から寛国までの長旅の疲れがあるはずだが、寛国王の姿を拝めると思うと今は興奮が優っていて疲れを感じていない。

詩雪は改めて、ここまでの道のりのことを思った。

それは誠国から寛国へ輿にのって向かう長い道順のことばかりではない。

詩雪が、誠国の女王であるはずの詩雪が、一人寛国に向かうということに対して言われたさまざまなことだ。

寛国から王の弟が婚約者としてやってきて、誠国からも一人寛国に妃として差し出すようにという話を聞いた時、詩雪は自分が行くつもりで応じた。

寛国に人を派遣できるということは、今まで謎に包まれていた寛国のことを知るまたとない機会だ。それを逃すつもりはない。そしてだからと言ってそのために、誰かを、しかも若い娘を一人で寛国の王に捧げる気などさらさらなかった。

だから自分で行くつもりでいた。いざとなったら、死んだふりでも病にかかったふりでもして誠国にもどればいいし、そう長く滞在するつもりもない。

だが、周りは当然許してくれなかった。

寛国の王弟との謁見のあと、内輪の話し合いで気軽な気持ちで変装して自分が行くつもりだと言うと、弟の忠賢は泡を吹いて倒れる勢いだった。

その気持ちも分からなくはない。詩雪は誠国の女王だ。身軽に外に出られる立場ではない。そのことは分かっている。でも、それでは一体誰を行かせる？

詩雪にはよく仕えてくれる侍女や宮女がいる。寛国の、ひいては呂芙蓉の支配から解放してくれた詩雪を敬い、慕ってくれている。おそらく詩雪が、寛国に行って欲しいと言えば、内心は嫌だと思っても、行ってくれるだろうと思う。

だが、それを許せる詩雪ではない。寛国の内情を知りたいのは詩雪だ。今回の人質交換のような縁談話を受け入れたのも詩雪。ならば、詩雪が行くのが筋。

それに、気持ちとしてだけではなく、詩雪が侍女に扮して寛国に向かう方が合理的だ。詩雪は確かに女王として立っているが、もともと王としての教育を受けていないこともあり、未だ政務は弟である忠賢が多くを担っている。詩雪一人が抜けたとて、誠国の政が回らなくなるということはない。

加えて、詩雪が向かうのが最も安全だ。

詩雪の影は、常に凶獣の窮奇、つまりは晶翠と繋がっている。離れていても、呼べば晶翠が現れる。

万が一、身の危険が迫った時、すぐに助けを求めることができる。

ここまで考えると、もう自分が寛国の後宮に入る妃として最も相応しいとしか思えなくなっていた。誰にも譲る気になれない。

そう決めて忠賢に説得を試み……今に至る。

御簾がするすると上がる音がして詩雪は意識を今に戻した。すると同時に、「おもてをあげよ」と声をかけられる。

暴君と名高い寛国の王の姿がやっと拝める。詩雪は顔をあげ、そして思わず目を見開いた。

予想外の光景、というよりも詩雪が抱く全ての思考がどこかへ吹っ飛んでしまうほどの衝撃がそこにあった。もちろん詩雪とて、ソレがそこにある可能性を考えていなかったわけではない。でも、ソレはあまりにも異質で、予想をしていたとしても耐えられるようなものではない。

詩雪が顔をあげると寛国の王族らしき男が王壇にいたが、詩雪の視線は目の前の人間よりも否応なく、その後ろに寛ぐようにして横たわる獣に向けられてしまう。

大きな口からは豚のような鋭くそり返った牙が顔を出し、大きな四肢の先には鋭い爪がついている。赤金色の毛並みは虎という生き物に似ていた。だがその虎と似て非なるのは、あまりにも大きすぎる図体。晶翠の獣の姿を見た時も大きいと思ったが、目の前の獣の大きさは明らかに晶翠のソレよりもでかい。

それが、王と思しき男の後ろで横たわり目を瞑っている。呼吸に合わせてその巨体が上下に動いているので、置物という可能性もない。それに、今までは気づかなかったが、独特の獣臭さを俄《にわ》かに感じられた。

「なんだ？　そんなに凶獣が珍しいのか？」

覇気のない、どこか冷たい印象を感じる声色が耳に響いて、詩雪は慌てて焦点をその声の主に合わせた。玉座に座る寛国の王だ。

ここまで案内してくれた王の弟だという雲慶よりも少し淡い赤髪の男が、長い脚を広げて玉座にもたれかかって座っている。眉間には険しい皺が刻まれ、事前に聞いた情報では三十歳ほどということだったがもっと老けて見える。目の下にある濃い隈や、どこか疲れているような表情がそう見せているのかもしれない。顔つきは整っているはずなのに、覇気がなくくたびれて見えた。

「どうした？　声も出ないほどに恐ろしいか？」

何も答えない詩雪を見て、寛国の王は馬鹿にするようにそう言った。詩雪は慌てて頭を下げる。

「も、申し訳ございません。つい、驚いてしまって……。あの、私、誠国から来ました莉雪《リセツ》にございます」

辿々しく詩雪はそう返す。

詩雪はここでは、女王に仕えていた侍女という体で来ているため普通の少女のように振る舞わねばならない。

莉雪というのはもちろん偽名だ。以前、誠国が呂芙蓉に牛耳られていた時にも、その名を使って後宮に潜入したので馴染みはあるが。

「誠国でも、凶獣を解放したと聞いたがな。なぜそこまで驚く？」

訝しげに寛国王、虎静が尋ねた。

「誠国の凶獣は解放されているとは聞いておりますが、なかなか姿をお見せになってはくださいません。女王陛下の即位式の際に、官吏達の前にお姿を現したとは聞いておりますが、あいにく私はその場にはいなかったもので……」

「……何故だ」

呆然としたように寛国の王がそう口にした。

問われた詩雪は何に対する疑問なのか捉えきれず、思わず微かに首を傾げる。

「何故、というはどういう意味でしょうか」

「そのままの意味だ。これほどの存在感、力を持っているものを従えていて、何故それを表に出さない」

「それは……」

と詩雪は答えようとして、一度口をつぐんだ。下手なことを言えば、寛国王の批判に繋がる可能性がある。少し迷っていると「思ったままをおっしゃってください」と横から声が掛かった。

声がした方を見たら、ここまで案内してくれた王弟の雲慶だ。柔和な笑みを浮かべてこちらを見ている。

「大丈夫ですよ。ここは、寛国。寛容さを最高の美徳とする国です。なんと答えても、あなたを罰することはないとお約束します。そうですよね、陛下？」

雲慶はそう言って、寛国の王に視線を移した。

寛国王は頷いた。

「その通りだ。何を言おうとも、私の寛容さでもって全てを許す」

抑揚のない声で寛国王は続けた。誠国は誠実さを美徳とするように、寛国は寛容さを美徳とする。

寛容さは詩雪も尊い美徳だとは思う。だが、それを寛国の王が口に出すことが、なんとなく気に食わない。

(寛容さこそが美徳と言いながら、何故、節国と誠国を攻めた。何が気に食わなかったというのだ。何が許せなくて誠国を……)

今は、詩雪が実権を取り戻して、寛国の支配からは脱している。だが、寛国のせいで、不遇に追い込まれた民は少なくなかった。

誠国が寛国の属国に降っていた当時、誠国の実権は忠賢の母である呂芙蓉が握っていた。寛国に通じていた呂芙蓉は、当時の誠国の王、つまり忠賢や詩雪の父親をその手で殺した後、寛国を味方につけて誠国の支配者となった。呂芙蓉の後ろに寛国がついているため、誠国の官吏達は誰も逆らえなかった。

後から聞いた話では、横暴にすぎる呂芙蓉を、寛国王はよく諫めていたとのことだ。だが、完全には諫めきれておらず、誠国は詩雪が呂芙蓉を打倒するまで不遇を極めたのだ。

それをまだ、詩雪は許せていない。

「ん？　この赤い糸はなんだ」

寛国の王が、詩雪と王の間の空間を見てそう呟く。

赤い糸、と聞いて、詩雪はハッとした。

寛国の王族には、人が向ける執着が赤い糸に見えるという。誠国に来た寛国の王族である文頼がその力を見せてくれた。

(執着の糸か……!)

文頼が、詩雪と晶翠の間にある執着を見抜いた時には正直驚いた。

その時、晶翠は中常侍として側にいたため、文頼は愛人か何かだと判じてくれたようで助かったが、危うく晶翠の正体が凶獣であることが暴かれるところだった。

それに今もあまりよろしくない。おそらく寛国王に見えている執着の糸は、詩雪が先ほど感じた寛国に対する恨みの感情からのような気がする。

詩雪は唾をゴクンと飲み込んで、口を開いた。

「赤い糸、と言いますのは?」

さすがに、赤い糸が何であるか知っているというのもおかしい気がして、とぼけてみせる。すると、説明を王弟の雲慶がしてくれた。

「赤い糸というのは、寛国の王族のみが持つ力で見えるようになる特別な糸のことです。執着の糸と呼ぶこともあります。人が執着しているものに赤い線が伸びて見えるのですよ。執着というのは、さまざまな形があります。怒りであったり、愛であったり、憎しみであったり。つまりは執着は寛容さの妨げになるものなのです。執着があるから、許せないものがあるわけですから」

雲慶の説明に、詩雪は「まあ！」と言いながらまるで初めて聞いたみたいな反応をして目を丸くして見せた。

そして、恥じらうように顔を下に向ける。

「もしかして、今、私から陛下にその糸が見えているということですか？　それは、その、もしかしたら……いやだわ。お恥ずかしい。寛容な陛下のお言葉を聞いて、素敵だと先ほど思ってしまったからかもしれません……」

消え入りそうな声でそう言う。

つまりは赤い糸が出てきたのは、詩雪の淡い恋心的なもののせいだということにしたわけだ。

なんとなくその場に朗らかな雰囲気が漂った。この場にいる寛国の官吏達から、はは と柔らかい笑い声がたち、生暖かい眼差しも感じる。

ちらりと前を見ると、当の寛国王もどこかまんざらでもない表情で僅かに口角を上げていた。

どうやら無事にごまかせそうだ。

「おやおや、ふふ。兄上、良かったですね。可愛らしい妃様がいらしてくれて」

雲慶がそう言うと、寛国の王は一瞬顔を強張らせてから咳払いをした。

「それで、誠国の女王は、どうして凶獣を表に出さないのだ？」

無理やり真面目な顔に戻したような寛国の王は最初の質問をくり返す。詩雪は頷いてから口を開いた。

「女王陛下は、凶獣が周りの者達に与える影響を危惧していらっしゃるのです。凶獣は恐ろしいです。いくら女王陛下が抑えているとはいえ、相手は凶獣。誠国の凶獣、欺瞞の窮奇は、かつて人に欺瞞を抱かせて愛する者同士で殺し合わせるなどの非道を行った残虐な獣です。誠国の民は、小さい頃から窮奇の恐ろしさを寝物語で聞いて、かの獣の恐ろしさを本能に刻み込まれております。そんな恐ろしい存在が、いつも女王の側にいたら、誰もが恐怖に射すくめられて、誰も女王陛下に真正面から意見を言うものがいなくなります。女王陛下はそのようにお考えなのだと、以前こぼしておりました」

詩雪の返答に、寛国の王は不思議そうに片眉を上げた。

「真正面から意見を言わなくなる？　それは逆に言えば好都合なのではないか？　そうなれば、誰も女王に逆らえない」

「ご存知の通り、誠国では誠実さが何よりも尊ばれます。恐怖で何も言えなくなることは、誠国が求める誠実さとはかけ離れたものです。女王陛下は誠実さの脆さを知っていらっしゃいます。恐怖一つで、誠実さを見失うことも少なくありません。女王陛下は、凶獣を前に恐怖して誠実でいられなくなることを恐れているのです」

詩雪がそこまで言うと、あたりはしんと静まり返った。

詩雪の言葉は、今実際に凶獣を侍らせている寛国王への批判とも捉えられかねない。

官吏達はきっと反応に窮しているのだろう。

その沈黙を破ったのは、寛国の王だった。

「……そうか。それが誠国の、誠実さを最高の美徳とする王の考えか」

怒っているのか、楽しんでいるのか、なんとも判断のつかない声色で、寛国の王がつぶやいた。

事前の言葉の通り、詩雪を罰するような動きもない。

周りの官吏達からほっと安堵のため息のような声が漏れた。

その後は、凶獣の話題や誠国のことに触れることもなく、淡々と詩雪の待遇についての話がされ、寛国王との対面は終了した。

最初から最後まで、寛国の凶獣檮杌は王の後ろに横たわり、寝息を立てていた。


詩雪は、その日、寛国の後宮に入った。

後宮の南西にある南桃殿《なんとう》という広々とした屋敷と、諸々の世話をしてくれる宮女を十人以上与えられての入内《じゅだい》だ。

後宮内での作法や妃の一日の予定など、今後の生活に必要な情報を王弟の雲慶が来てくれて説明をしてくれた。

「朝は朝議がございます。こちらにはたまに陛下も参ります。国のことや今後の行事のことなどを知る唯一の機会です。是非ご参加いただきたいのですが、永明《エイメイ》妃のご許可がなければご参加できません。永明妃は現在後宮をまとめている唯一の上級妃です。ありきたりな助言となりますが、彼女には好かれておいた方が得策でしょう」

つらつらと優しい低音で後宮での生活について説明を受ける。

妃だけで後宮内の政を決める朝議という場があるということを除けば、ほとんどの決まりごとは誠国の後宮と変わりがない。ある程度分かっていることについての説明は、長旅で疲れた詩雪の身体に眠気をもたらした。

とはいえ、せっかく王弟自ら、他国から来た妃のためにわざわざ出向いて説明しているのに眠るわけにもいかない。

詩雪は必死の努力で目を開けていたが、少々気が空になっていることに気づかれたらしい。

「ふふ、申し訳ありません。長旅でお疲れなところに長々と説明してしまいました」

くすりと微笑ましそうに笑う声にハッと詩雪は顔をあげた。

詩雪が眠たいことを悟られてしまったらしい。

「も、申し訳ありません」

「いえいえ、こちらこそ気がきかずに失礼しました。今日はもうお疲れでしょうから、永明妃との挨拶は明日の朝議の場にて行いましょう。他にもご不便などがありましたら何なりとお申し付けください。陛下より莉雪様のご面倒をよく見るようにと仰せつかっております」

すごく低姿勢で言われて、詩雪は少し面食らう。思わず眠気も覚めてきた。

なにせ相手は現寛国王の弟、つまり王族だ。もう少し横柄な態度に出ても良さそうに思えるが、とても謙虚だ。

正直に言えば、突然他国に攻め入ろうとする国の王族らしくはない。

「まあ、雲慶様のような高貴なお方にそのように言われてしまいますと恐れ多くて緊張してしまいますわ。本当に、とっても良くしていただいて、逆に恐縮してしまいます。だって、私などのためにこのような立派な殿をいただけるなんて、思ってもみなかったものですから」

詩雪は戸惑いを顔に映しつつ答える。

詩雪に与えられた殿である南桃殿は、外廷と内廷を南北に仕切る門も兼ねた、細長い鳳凰棟という建物のすぐ横に位置する建物だ。後宮の中でも南に寄った場所で、皇帝の寝所でもある養生《ようじょう》殿にも近い。

遠目で見る限りではあるが、後宮内でも大きな建物のように感じた。しかも内装も凝っている。寛国の国色である赤の柱。所々に鮮やかな赤い珊瑚《さんご》があしらわれた調度品。どこを見ても華やかだ。

そして仕えてくれる宮女の数も多い。

かなりの高待遇だと、詩雪は感じた。というかあまりにも高待遇すぎる気がした。

「いいえ、当然です。わざわざ誠国からやってきてくださったお方なのですから」

「ですが、私は、誠国での身分が特別高いわけでもありませんし、何より陛下との謁見の際にも、生意気なことを申し上げてしまいましたし……」

そう、謁見の間では少々批判的なことも述べた。その場では何を言おうとも許されるとは言われていたものの、あれだけのことを言ってそのままどころか、これほどの高待遇を得たことになんとも複雑な気持ちがよぎる。

まさか、気に入られたのだろうか。

最近、誠国で流行の恋物語のあらすじが脳裏をよぎった。位が高く見目麗しい男性が少し反抗的は態度をとる庶民の女性に『おもしれー女』などと言って好意を寄せるという恋物語が流行っているらしい。もしかして自分はそのおもしれー女枠に入ったのだろうか。

などと取り留めもなく考えていると、

「はるばる誠国からいらしていただいたのです。これくらい当然です。それに……誠国のことについて、我々は申し訳なく思っているのです……」

と、眉尻を下げて雲慶が言ってきた。詩雪は思ってもみなかったことを言われて思わず目を丸くする。

それは誠国への侵略を反省しているということだろうか。

「我々は寛国王の横暴を止めることができませんでした。ご覧になったでしょう？　王の後ろには必ず凶獣檮杌がいるのです。王の横暴を我々は許したくて許したわけではない。……莉雪様が仰った誠国の女王の話。とても立派なお方だと思えました。まさに女王の言う通りです。我々、寛国の者達は、凶獣の恐怖によって心を支配されている。王の横暴を許しているのは、決して我々が寛容だからではありません。怯えているからです」

俯き、悔しそうに雲慶はそうこぼした。

詩雪が何も言えないでいると、雲慶が顔をあげて詩雪の瞳を見つめる。

「莉雪様も、きっと思うことはおありでしょうね。ですが、せっかくの機会があってこうやって巡り合えました。どうか、ここでは、せめて我が国にいる間だけでも、我々の罪をお許しいただきたい」

そう言った雲慶には不思議な魅力があった。本当に申し訳なく思っている。雲慶からはその気持ちが滲み出ているように見え、同情心のようなものがふつふつとめばえてくる。

そう思うと、今まで感じていた憤りがどこか遠くに感じる。仕方のないことだと、そう思えた。

許しますと、思わずそう言おうと口を開きかけ、でもすぐに閉じた。

（いや、誠国の民が受けた苦痛を私が、そう易々《やすやす》と許してはいけない、ような気がする……）

おぼろげな意識の中、辛うじてそう思った詩雪は口を開いた。

「申し訳ありませんが、そう簡単には許せそうにありません。雲慶様は、諫めるべきでした。王の親族であるあなたが横暴だと思ったのならば、王を止めるべきでした。誠国の民は皆そう思っているはずです」

詩雪がはっきりとそう言うと、雲慶はハッとしたように目を丸くし固まった。

信じられないことを言われた、その顔がそう語っている。

詩雪も、思いの外に相手に驚かれて、思わず目を見張る。

「あ、あの……？」

どうしたのですか？　という顔で詩雪が不思議そうに首を傾げると、時が止まったかのように動かなかった雲慶が動き出した。

「あ……いえ、その……思わず驚いてしまいました。その、寛国は、寛容さを美徳とするので、そうはっきりと拒絶を示されるとは思っておらず……」

たどたどしく、本気で戸惑った様子で雲慶がそう返す。思わず詩雪は眉を上げた。

（つまりそれは、私の心が狭いと暗に言われているのだろうか……？）

これは嫌味なのかと問いただしたくなったが、詩雪はどうにか堪える。

詩雪には、自分が問いかけたものは相手の意思とは関係なく誠実に答えさせる力がある。これは自分では制御できない。無闇に質問をして、相手の意思とは無関係に答えさせたことで、正体が暴かれるようなことは避けたい。

「すみません。私、出すぎたことを申してしまいました……」

「いいえ。莉雪様が謝ることではありません。莉雪様のおっしゃる通り、なのですから。私が止めるべきでした。止めなければならなかった」

「雲慶様……」

痛ましそうに話す雲慶に釣られて、詩雪は彼の背に手を置いた。そうしないと悲しみで倒れてしまいそうなほどの悲痛さがあった。

そういえば、と誠国に来た寛国の王族、文頼の話を思い出す。

今の寛国の横暴を、雲慶兄上が止めようと頑張っている。そういう話をしていた。

ハッとして詩雪は顔をあげると、部屋の中を見渡して誰もいないことを確認してから雲慶の耳元に口を寄せた。

「すみません、雲慶様は王の横暴を止めようとしているお立場、なのですよね？　誠国に来られた文頼様がそのように仰っていたと女王陛下から聞いております。それなのに私、酷いことを申したかもしれません」

「文頼がそのようなことを？」

「ええ。女王陛下の前では嘘が通用しませんから。文頼様も正直にお話しするしかなかったのでしょう」

「そうですか……。お恥ずかしい。今の寛国の横暴を止めたい気持ちはあります。ですが私の力が及ばず……」

そう言って、雲慶は改まった様子で詩雪を見た。もともと耳元で話していたのもあって向かい合ってみると距離が近い。

「莉雪様。これは言い訳になるかもしれません。ですが聞いていただけますか？　兄は、王は、以前は優しい人だったのです。確かに少し真面目すぎるきらいはありましたが、ですが面倒見の良い兄でした。ですが、凶獣を解放してから人が変わったようになりました」

「凶獣……」

詩雪は話を聞きながら、誠国の凶獣である窮奇のことを思った。窮奇である晶翠は、隙あらば詩雪をたらし込んで自分の意のままに操ろうとしてくる。凶獣は、始祖の力でもって抑え込んではいるものの、完全に契約者である王族の味方とは言えないのだ。

（もしかして、寛国の王は、凶獣を御しきれなかったのか？）

もし、詩雪が晶翠の甘い罠に嵌り盲目的に晶翠に依存すれば、必ず国は荒れる。晶翠を御しきれず、彼の好き放題にさせて、国を顧みることはなくなるだろう。

「ああ、すみません。ついつらつらと話してしまいました。莉雪様といると、何故か話してしまいたくなる。すみません、そろそろ私は行きますね。ああ、そうです。明日、こちらに仕える宮女達をまとめる上級宦官を遣わす予定です。よろしくお願いします」

そう言って、立ち上がった雲慶が扉に手をかける。しかしそこで一度立ち止まって、恐る恐るという雰囲気で振り返った。

「また、ご迷惑でなければ、あなたに会いに来ても良いでしょうか？」

切実そうな目でそう言われて、思わず詩雪は目を丸くする。

詩雪は一応、寛国の王の妃としてここにいる。王の弟とはいえ、そう頻繁に会うのはどうだろうか。

少し意外に思いながらも、拒否する選択肢がないように思えて、詩雪は頷いた。

「ええ、構いません。お力になれるかは分かりませんが」

詩雪がそう返すと、雲慶は今までの大人びた雰囲気から一転、少年のように笑った。そして軽く会釈をすると、去っていった。

詩雪は、雲慶を見送ってからふうとため息をつく。

寛国から持ちかけられた人質交換とも言えるこの騒動。誠国にやってきた文頼は、寛国王は牽制のためにこの話を持ちかけたのだと言うが、寛国の王の本心が果たして文頼の推測通りかは分からない。

文頼を公の諜報員として送り込みたいだけなのかもしれないが、もう少し、裏がある気がするのだ。

分かりそうで分からない今の状況がもどかしい。王の力を用いて、主要な人物全員に真実を吐き出させたいが、それをすれば詩雪の王の力が表に出る。それはできれば避けたい。

(雲慶殿も、どこまで信用しても良いものか……)

正直なところを言えば、印象の良い青年だった。寛国の横暴を止めようと、実際動いているようではあるし、寛国の王の人が変わったことを嘆いているようだった。

信じてあげたいとは思うのだが、詩雪は人を信じることがいまだに苦手だ。

(きっと爽やかな顔で嘘をつく男がいつもそばにいるからだな……)

そんなことを思って、銀髪の美男子の顔を思い出し苦笑する。

誠国を出る直前、晶翠は姿を詩雪と瓜二つに変えた。

寛国に行きたい詩雪と詩雪を行かせるつもりのない忠賢との言い争いは平行線で、結局詩雪が折れた。いや、正確には折れたふりをした。

そう、詩雪は弟に黙ってここに来ている。とは言え、詩雪がいなくなったら大騒ぎになるので、影武者として晶翠を置いてきた。

欺瞞の凶獣である晶翠は、誠国の始祖から続く血の契約で、誠国王族の中でもっとも強い仙力を持つものを愛するという契約に縛られている。故に、契約により詩雪を愛している晶翠は、詩雪に甘く、基本的には逆らえない。

晶翠は、今は誠国で詩雪のふりをしてくれている。

(今頃晶翠は何をしているだろうか。上手くやっていればいいのだが……)

そう心配して、すぐに苦笑を浮かべた。

心配するのはあまりにも時間の無駄だ。人を騙すことについては誰よりも秀でているあの獣が、下手をするはずがないのだから。

第三章

「我が名は、紅孩《コウガイ》！　よろしく頼む！」

詩雪の殿に一般の成人男性よりも頭二つ分ほど背丈の高い大男がやってきた。そのがっしりとした体格に見合う大声で挨拶の言葉を述べると、ニカッと歯を見せて笑う。

（で、でかいな……）

声もでかいが、身体もでかい。しかも頭に、髪をすっぽり隠す形の背の高い黒帽子を被っているので余計に高く見える。

詩雪は、ほぼ直角に首を曲げて見上げた。

「少し騒がしいですが、彼はもともと陛下にお仕えしていた宦官です。今回は、莉雪様だから特別にとお与えになりました。とは言え、陛下にもお仕えするので常に側に侍るわけではないのでその点はお含みおきくださいませ」

紅孩の脇から恭《うやうや》しくそう述べる声が聞こえて視線を移すと、雲慶がいた。ここまで紅孩を連れてきてくれたようだ。

「陛下の宦官……では、陛下のことはよくご存じなのでしょうね。紅孩、何かと不慣れな部分もありますが、何卒よろしくお願いします」

「うむ！」

またもや明瞭な声で答えてくれた。

きのう雲慶が言っていた宦官が、まさかこのような大男だとは。宦官は身体の一部を切りとるためか、小柄なものが多い。中には十分に身体が成長してから処置をして、武官のような図体のでかい宦官もいると聞くが、詩雪は初めて見た。

図体がでかいものはそれこそ武官としてそれだけで重宝されるから、あまり宦官になろうとするものがいないので珍しいのだ。

「早速ですが、今日はこれから朝議に参ります。その際に私がご紹介いたしますので永明妃にご挨拶いたしましょう。準備はよろしいですか」

雲慶がそう言うので、詩雪は不思議に思って目を丸くした。

「あの、雲慶様もご一緒してくださるのですか？」

「ええ、私は陛下から後宮の管理も任されてまして、男子ではありますが後宮への立ち入りの自由を得ております」

「まあ。では、新しい妃様が入るたびにこのようにご案内を？」

「いいえ。今回が初めてです。その……」

と言って、雲慶は言葉を止めた。少しだけ顔を赤らめてから口を開く。

「少しでも莉雪様のことを知りたくて……ご迷惑でしょうか？」

「えっと……」

迷惑というわけではないが、言葉に詰まった。

兄弟とは言え、男子禁制の後宮に男が出入り自由というのはどうなのだろうか。

「ご安心ください。陛下も、私が莉雪様の面倒を見ることについてはご存じです」

詩雪の戸惑いを悟った雲慶が慌ててそう弁明する。

「そうですか。陛下のご許可があるのでしたら問題ありません」

詩雪がそう返すと、雲慶は嬉しそうに笑う。

(寛国王の許可があるならばそれで良いが……やはり高待遇にすぎる気がして気にかかるな)

詩雪は少々モヤモヤするものを感じながらも、雲慶と紅孩に連れられて、永明妃のもとに向かうことになった。

昨日は長旅で疲れて早々に眠りについたために、後宮内を歩くのは初めてだ。

碧色ばかりの誠国の後宮と違って寛国の後宮は赤い。柱や、瓦などが赤く塗られており、詩雪の目には派手に映る。

だが、派手ではあるが差し色に黒もあり、すっきりと纏まって見える景観だ。

しばらく景色を眺めながら歩いていると、大股で先頭を歩く紅孩と少しだけ距離ができた。もう少し早く歩かねばと思った時、ぴたりと雲慶が詩雪の隣に来る。

「莉雪様、あの紅孩のことはあまり信用なさらないように。彼は、寛国の王の側近中の側近です。何の目的で莉雪様のところに寄こされたのか、私にも分からないのです」

おそらく先頭の紅孩に聞かれないためだろう。小声でそう言われる。

詩雪は理由を尋ねようとしたが、その前に先頭の紅孩が立ち止まった。

「着いた！　ここだ！」

どうやら朝議が行われているという繚中殿《りょうちゅう》にたどり着いたようだ。紅孩はそう言うと、詩雪達を振り返る。そして少し距離が開いているのを見て目を丸くした。

「すまない！　少し速かったか？」

横にいた雲慶がするりと前に出た。

「そうですね、紅孩殿は、もう少し女性の歩幅について考えた方が良いかと」

どうやら内緒の話はおしまいのようだ。

（紅孩は確かに謎が多いな。正直に言えば……宦官らしくない）

体格もそうだが、口調も宮仕えとしてはあり得ないものだ。だが、ここでグダグダ考えていてもしょうがない。

詩雪は改めて、妃達が毎朝朝議を行う場所だという繚中殿を見上げた。

鳳凰を模った彫りものがされている朱色の柱に、赤茶色の瓦。土色の壁には赤で鳳凰が大きく描かれている。やはり派手だ。

早速とばかりに紅孩が正面の大きな両開きの扉を開ける。ひとたび扉を開けると、そこから女の香りがむんと立ち上った。中には色とりどりの衣を着た妃達の背中が見える。三十人ほどはいるだろうか。花のように咲き誇る妃達は、真っ直ぐ前方へと続く通り道の左右に五、六人、それぞれ三列になって座っており、整えられた花畑のような鮮やかさだ。

そして、妃らが見つめる先は段になっており、その壇上の中央に他の花達と見比べても一層華やかな朱色の衣を着た妃が一人。詩雪の方を向いて腕を組んで立っていた。長い茶色の髪を頭上で二つにわけて団子状にし、吊り目がちな瞳が可愛らしい女性だ。年齢は、詩雪より少し上か同じぐらい。少し猫を思わせる容姿をしている。

気の強そうなその瞳で詩雪を睨むように真っ直ぐ見る彼女が永明妃、現在の寛国の後宮で最も身分の高い妃なのだろうと詩雪は察した。

「永明妃、朝議中に失礼します。新しく後宮に入った妃を紹介したく参りました」

雲慶が詩雪達を先導して歩み、ほどよい距離まで近づくと永明妃に恭しく語りかける。

その間も、永明妃の視線は詩雪に向けられている。厳しい視線で。

(一人の男の寵愛を奪い合う仲になるわけだから、敵愾心《てきがいしん》があるのも当然か)

などと思いながら、詩雪から頭を下げた。

「永明妃様、お初にお目にかかります。莉雪と申します」

詩雪がそう名乗って頭を下げると、永明妃は詩雪の足先から頭のてっぺんまでを値踏みするように見てから、詩雪を見据えた。

「そう。お前が、誠国から来たという妃ね。けれど、お前が後宮に入ったのは昨日と聞いているわ。それなのに今更挨拶？」

どうやら、初日に挨拶をしなかったことを怒っているようだ。昨日は確かに疲れてそのまま休んでしまった。これから世話になる者に対する礼を欠いたのは、詩雪の落ち度だ。

「大変申し訳ございません」

と慌てて頭を下げると、割って入るように雲慶が前に出た。

「莉雪様は、はるばる誠国から来られて疲れておいででした。ですから……」

「雲慶殿、良いのです」

庇おうとする雲慶を詩雪は頭を下げたまま止めてから、口を開いた。

「たとえどれほど疲れていようとも、永明妃様にご挨拶をせねばなりませんでした。全ては、礼を欠いた私の不徳の責任です」

「そう、自分の罪を認めるというのね」

「永明妃、ですが……！」

鋭い永明妃の言葉に、たまりかねたようにして雲慶が声をあげるが。

「雲慶様。いかに雲慶様とて、後宮の妃に関することへの口出しはご遠慮していただけますか」

と永明妃に釘を刺されて、雲慶は口をつぐむ。そして永明妃は紅孩を見た。

「紅孩、貴方もあまりでしゃばらないように。陛下の覚えのめでたい宦官だとしても、所詮は宦官。口出しできる身分でないと知りなさい」

「無論！　口出しするつもりは毛頭ない！」

冷たい永明妃の視線にも物おじせず、紅孩は普段通りの快活さで答えた。

（雲慶殿は分かるが、わざわざ紅孩にまで釘を刺すとは。王の筆頭宦官の地位は、私が思うよりも高いのかもしれない）

などと頭を下げつつ考えていると、コツコツと靴音をたてた永明妃が、詩雪の方に向かって来る気配がした。そして詩雪の目の前で止まる。

「私が許すまで頭を下げ続けるつもり？」

「お望みでしたら」

詩雪がそう答えると、ふんと永明妃が鼻を鳴らす。

「わたくしは、この寛容さを最高の美徳とする寛国の第一妃。わたくしの、寛容さをもって、貴方の罪を許しましょう。顔をおあげ」

永明妃にそう言われた詩雪はゆっくりと顔をあげる。するとやはり不快そうに詩雪を睨む永明妃の顔があった。

許すとは言ったが、あまり許されている気がしない。

そう思ったところで、永明妃が詩雪の横に移動して、先ほどまで永明妃がいた前方の少し上の方を指差した。

「ご覧なさい」

永明妃に言われるままに視線を向けると、壁に備え付けられた梯子のような細い階段を上った先に小さな台のようなものがあり、そこに女性の石像が置かれていた。

その石像は宝石がちりばめられた美しい衣を羽織り、両手で赤い瓢簞《ひょうたん》を持っている。

その瓢簞は全て珊瑚で造られているようで独特の光沢を放っており、瓢簞の口部分と側面の至る所に大粒の真珠が嵌められていた。ひと目で特別なものと分かる作りである。

一度目に入れてしまえば、思わずしばらく見入ってしまうほどに素晴らしい石像だった。

「あそこに座すは、凶獣を鎮め寛国を建国された始祖様、寛遼真君の石像よ」

「寛遼真君の……」

「この朝議の場は、後宮の内政を計るところでもあるけれど、我らの始祖様に感謝の祈りを捧げる神聖な場。それ故、この場に入ることができるのは、私が事前に審査し許しを与えた者のみ」

思わず見惚れていた詩雪の横で鋭い声が飛び、詩雪は視線を永明妃に移した。

「私の許可なくこの場に上がり込んだ罪は重い。私が許しても、寛遼真君がお許しになるとは限らない。しばらくは殿内に籠り、自らの罪を認めて反省するように」

詩雪の後宮入りの二日目。憎しみが込められているかのような冷たい視線を浴びながら、詩雪は謹慎処分を言い渡されたのだった。


永明妃に追い出される形で朝議の場を離れてから、十日ほど経った。いまだ詩雪は許されず、与えられた殿に籠る毎日だ。

「莉雪様、大変申し訳ありません。私の認識が甘かった……。まさか十日経っても、朝議にご参加できないとは」

時折様子を見に来てくれる雲慶が、心底申し訳なさそうに言う。

詩雪は笑顔で首を振った。

「いえ、雲慶様のせいではありません。あの場でも申し上げましたが、私の落ち度です。永明妃のお怒りが鎮まるまでは大人しくこちらで自省いたします」

そもそも莉雪は、寛国の妃達と仲良くするために来たわけではないのだ。朝議に参加できないのは少し残念だが、致し方ない。

ただ、あまりにもやることがないので暇なのが辛い。

入内して十日。朝議だけではなく、王からの呼び出しもない。待遇が良かったので、王の呼び出しはすぐにでも来るのではと思っていたが、己の思い上がりだったようだ。

「莉雪殿は、お怒りにならないのですか？」

と、雲慶が不思議そうに尋ねてきた。

「怒る？　私がですか？」

「そうです。初日に挨拶に行かなかったという理由だけで朝議の参加を禁止されて、理不尽には感じないのですか？」

「まさか。私が怒るようなことではありません。理不尽とも思っておりません」

「……寛大なお方なのですね。何か欲しいものはありますか？」

「それでしたら、あの、もし何か、読み物などがあると嬉しいのですが……」

自省すると言っておきながら、暇つぶしの何かを求めるのは気が引けたが、しかし本当に暇なのだ。

「読み物ですか？　もちろん構いません。どのようなものがお好みですか？」

「そうですね……」

読みたいものは決まっているが、一応、迷うようなそぶりを見せてから詩雪は口を開いた。

「できれば、凶獣に関するものが良いです」

詩雪がそう言うと、雲慶は怪訝な顔をした。おそらく若い女性が読むには少々物騒なものだと思われたのだろう。

「凶獣の？　それは、何故……」

「初めて陛下にお会いした時に見た凶獣の姿が忘れられなくて……いけませんか？」

それらしい理由を述べてからわざとらしくもじもじして、上目遣いで雲慶を見る。

するとと雲慶がふっと笑った。

「いえ、いけないわけではないです。お望みならばいくつか見繕います」

「感謝いたします。楽しみにお待ちしますね」

と話している間に、雲慶の後ろ側で紅孩が、茶器一式を持ってこちらに歩いてくるのが見てとれた。

不慣れな様子でお盆を持ってカチャカチャと音を鳴らしており、思わず目で追う。

(紅孩が茶の準備をするとは珍しい)

紅孩は、詩雪の殿に仕える宦官だが、あまり身の回りの世話のようなものはしない。そういったものは、だいたい他の宮女に任せて紅孩自身はふらふらとどこかに行ったり、腕を組んで庭に咲く花を「うむ！　綺麗だ！」などと言って愛でている。

だが、紅孩が王の側近であることは宮女も知っているようで、だれも口出ししていない。

詩雪が茶器を運ぶ紅孩を見ていると、突然茶器を載せていたお盆が、二つに割れた。

詩雪が、あ！　と声をあげる間に、ガシャンと大きな音を響かせて、茶器一式が床に落ちた。鮮やかに彩色されていた茶器が割れ、床には破片が飛び散っている。

「な、なんと……！」

紅孩がそう嘆いて固まる。

詩雪はサッと立ち上がると雲慶の側に立った。お盆が割れたのは出入り口の近くで、破片はここまで飛んできていないことを確認しつつも、雲慶に顔を向ける。

「雲慶様、怪我などはありませんか？」

「ええ、私は大丈夫です」

雲慶がそう答えるのを聞いた詩雪が、片付けるための箒を用意した方が良いだろうと、誰かを呼ぼうとした時だった。

雲慶の険しい声が聞こえてきた。

「しかしこの茶器は、最初に陛下が莉雪様にと用意した茶器ではありませんか」

飛び散った茶器を見て、雲慶が静かに怒りを込めるように苦言を呈す。

「む！　申し訳ないことをした！」

そう言って、紅孩が慌てて素手で割れた碗を拾おうとしたので詩雪は声を張り上げた。

「やめなさい！　怪我をする！」

咄嗟のことだったので、強めの言葉が漏れた。破片は鋭い。大雑把そうな紅孩が何も考えずに破片を拾い集めたら、知らぬうちに怪我をしそうだ。

詩雪の声に驚くようにして中腰になった紅孩は、床に手をつく前に止まってくれた。

詩雪は、慎重に破片を避けるようにして紅孩のそばまで向かう。

「怪我はないですか？」

「うむ！　我はこれぐらいでは怪我などしない！　それよりも申し訳ないことをしたようだ……」

いつも元気な紅孩は珍しくしょぼくれている。

「いいえ、紅孩に落ち度はありません。見ておりましたが、ひとりでに盆が割れたように見えました。陛下がくださった立派な茶器が重すぎて、盆が耐えられなかったのでしょう」

そう言って、床に落ちたお盆に目を向ける。綺麗に二つに割れていた。経年劣化によるものだろうか。

（であれば茶器のみが載っていた時分で限界が来たのはよかった。もし、熱湯や入れたばかりの茶などを載せていたら、火傷を負っていたかもしれない）

詩雪は内心で胸を撫で下ろして改めて紅孩に微笑みを向ける。

「ですが今度からは、あまり欲張って一度に運ばない方が良いかもしれません。さて、箒を持って来てもらえますか。割れた茶器は鋭い部分がありますから、直接素手では持たないように。片付けを任せても良いですか？」

「うむ！　任されよ！」

いくらか顔色を取り戻した紅孩がそう言って部屋から出ていこうとした。だがその背中に雲慶の「お待ちなさい」という声がかかり紅孩は背中を揺らして振り返った。

「ここまでの非礼を犯して罰がないのはいかがなものでしょう」

そう言った雲慶の視線は詩雪に向けられていた。

(雲慶殿は、あまり紅孩についてよく思っていない。だからこの機会に罰を与え、私から離したいと思っているのか？)

詩雪の中に疑問がよぎる。しかし、十日ほど過ごす中で、紅孩に対する警戒は杞憂なのではないかと思い始めていた。

雲慶の言葉もあり、一度紅孩に『どうして王は紅孩を私に仕えさせたのか』と聞いたことがある。

すると紅孩は「正直分からない！　だが誠国の女が気になるようだ！」と答えた。

詩雪の質問に対する答えなので、嘘はないはず。

しばらく雲慶の眼差しを受け止めていた詩雪は、にこりと笑みを作ってみせた。

「まあ。寛容さを美徳とする寛国の王族である雲慶様が目くじらを立てるとは珍しいことですね」

「寛国は確かに寛容さを美徳としておりますが、だからと言ってなんでも許すわけではありません。全てに寛容さを示せば無法の国となって荒れることになるでしょう。規律と礼儀は守らねば」

「なるほど。確かにそれはその通りですね。では、紅孩が犯したのはどの規律違反ですか？　どのようなことが礼儀に反したのでしょうか」

唐突な質問に聞こえたのか、雲慶は眉を寄せた。しかしすぐに口を開く。

「先ほどの器は陛下が、莉雪様に贈られた品物です。つまり現在上級妃であられる莉雪様の持ち物。身分が上の方の持ち物を、宦官が壊したとなれば罪に問われます」

詩雪は俯いた。

誠国の後宮でもそのような規律がある。後宮にある物は、全て皇帝かその妃の物。どんな些細な物でも壊せば奴婢《ぬひ》は罰を受ける。

その規律がある理由も分かる。何も罪に問われないとなれば、後宮にある物をぞんざいに扱いかねない。だが、先ほどのはぞんざいに扱ったから茶器を割ったわけではない。

詩雪も規律や礼儀は重んじるべきであるとは思うが、規律や礼儀を重んじるばかりで本質を見誤り、人に対して不誠実なことはしたくない。

詩雪は顔をあげて、厳しい顔をしている雲慶を見た。

「私の持ち物を宦官が壊したから罪になるということですね。では、白状いたしましょう。実は、この茶器、壊したのは私です。私が私の物を壊したのですから、何も問題はないでしょう」

詩雪は笑みを浮かべて堂々と言い切った。

当然雲慶の顔は晴れない。何を言い出すのかと言いたげに、険しい顔をしている。

「誠実さを美徳とする誠国の方とは思えない発言です。茶器を割ったのは、間違いなくこの宦官でしょう。そもそも莉雪様は離れた場所にいたのですから割りようがありません」

「離れた場所にいても物を壊すことはできます。その辺に置いてある物を投げたりすればいいのですから」

「屁理屈です」

「では、雲慶様は確かに見たのですか？　紅孩が茶器を壊したその瞬間を、確かにその目でご覧になったのでしょうか？」

「それは……直接この目では見ていませんが」

強気に尋ねる詩雪に押される形で、雲慶がもごもごと答える。

紅孩が茶器を割ったのは、ちょうど雲慶の斜め後方。その時詩雪と会話するために前を向いていた雲慶は紅孩が茶器を落とした瞬間を見ていない。

「そうでしょうね。あの時、雲慶様は私の方を見てお話しされていました。茶器の割れる音を聞いて、初めて事の次第を知ったに過ぎないでしょう?」

「それは、そうです。ですが……詩雪様が茶器を割る動機もありませんし、理にかないません」

「動機ならあります。このような高価な茶器だけをよこして、私に会いに来てくださらない陛下への不満でございます」

そう言って、詩雪は、比較的原形を留めていた茶碗を一つ慎重に拾い上げた。そして雲慶にそれを突きつけるようにして差し出す。

「こちらを陛下にお渡しいただけますか。陛下が会ってくださらない寂しさで、愚かな妃が頂いた茶碗を割ってしまったと」

雲慶は呆然と詩雪を見ていたが、しばらくしてフーと細く息を吐き出した。

息を吐き出した後はすっきりしたのか、参りましたと言いたげに肩をすくめてから割れた茶碗を受け取った。

「莉雪様には驚かされてばかりです。分かりました。そういうことにしておきましょう」

「さすがは寛大な雲慶様」

詩雪はにっこり微笑むと、ゆっくりと卓についた。そしてまだ部屋の中で呆然と立ち尽くしていた紅孩に片付けと新しいお茶を持ってくるように指示をすると、紅孩は「うむ！」と頷いて元気よく部屋の外へと飛び出していった。

「莉雪様がこのように寛大なのは、誠国の女王陛下にならってのことでしょうか」

一旦落ち着いたその場で、雲慶が尋ねる。

自分のことを聞かれたことに少し驚いたがどうにか冷静を装って口を開いた。

「そう……ですね。女王陛下なら同じことをしたかもしれません」

「そうですか。寛大なるお方を頭上に頂き、誠国の民が羨ましい限りですね」

「……雲慶様は、陛下にご不満が？」

「不満はあります。ですが、それは虎静兄上に対してではありません。私が許せないのは、天帝です」

思ってもみなかったことを言われて詩雪は目を丸くした。それは雲慶としてもそうだったようだ。言うつもりのないことを言わされたという顔をしている。

（いけない。つい疑問を投げかけてしまった）

詩雪の問いには誠実に答えねばならない。

強い力ではあるが、制御ができないのでふとした会話の中で、詩雪の王の力が発動してしまう。そうなれば、誰かが詩雪の力に気づき、その流れで正体が暴かれてしまう。

涼やかな顔を維持しながらも背中にじっとりと汗を流すと、少しばかり動揺していた雲慶の表情がほころんだ。

「あなたがあまりにもお優しいからでしょうか。自然となんでも打ち明けたくなってしまうようです。あなたよりも五年は年上であるのに、甘えているようで申し訳ない」

どうやら力に気づいた様子ではない。少なくとも、追及はされなかった。

ほっとした詩雪は、またよそ行きの笑顔を貼り付ける。

「よければお話を伺わせてください。背に負った重みも、誰かに話すことで軽くなることもありましょう」

「ありがとうございます。……私は、何度も言いますが、陛下に不満はないのです。不満があるのは、天帝。天帝が王を選んでいるのですから」

「天帝が選ぶ……？」

「そうです。天帝が選んでいる。なにせ、凶獣は、自身を従える主を仙力の多さ、つまりは天帝の加護の大小で決めていますす」

「天帝の加護の大小……」

詩雪はその言葉を反芻する。

誠国の凶獣窮奇も、仙力の強さで契約相手が必然的に決まると言っていた。雲慶は、仙力は天帝の加護により与えられた力だと解釈しているらしい。

「そうです。このことは、例の凶獣檮杌に直接聞きましたので間違いありません。その人の性質も、能力も、思考も、美徳も、何も関係なく、ただただ天帝が適当に与えた加護の大小で、一国の王が決まってしまう。そのせいで、本当に国の頂点に立つべき人が、立てない。理不尽だと思いませんか？」

真っ直ぐな雲慶の力強い眼差しが見ていられなくて、詩雪は思わず目を逸らした。

理不尽ではないと言い切れない。だが、詩雪は、その理不尽の上に乗っかって王になっている。それに、同じようなことを詩雪も思う。

詩雪は未だに、誠実を美徳とする誠国の王は嘘を厭う素直な弟、忠賢が相応しいのではないかと、思ってしまう時がある。

「……それは確かに、そうかもしれませんね」

そこで言葉を止めて、詩雪は次の言葉を言うべきか迷い口をつぐむ。

詩雪の力が露見する危険性を抑えるために、できる限り問いかけは控えたい。だが、これだけはどうしても確かめたかった。

「雲慶様は、ご自身が王に相応しいとお考えなのでしょうか？」

微かに掠れてしまった声でそう尋ねると、雲慶は虚を突かれたような顔をした。でもすぐに普段の穏やかな笑みに戻る。

「まさか。私などは王には最も遠い存在です。相応しいなどと思うはずもありません」

詩雪は内心胸を撫で下ろした。

雲慶は寛国で唯一詩雪と関わってくれる寛国人だ。今までも、たくさん話し相手になってくれたし、彼の寛容さや考え方には尊敬を感じる時もある。

もし、雲慶が王位の簒奪《さんだつ》などを企んでいたとしたら……きっと詩雪はなんとなく裏切られたような気持ちになったかもしれない。

いや、勝手に期待して、思ったのと違うからと勝手にがっかりするなど、それこそあまりにも身勝手な行いなのだと自分でも思うのだが。

「ああ、もしかして、噂か何かを聞いてしまいましたか？」

「噂……いえ、聞いておりません」

そもそも詩雪は謹慎中の身だ。噂ですらなかなか聞くことができない。

「そうですか。いえ、その……私が、王位を狙っているとか、そういう話は昔からあるのです。兄の横暴に耐えかねた者が、どうにかしてそうさせたいようで……。ですが、わたしはその御輿に乗る気はありません。第一、兄上には凶獣がついているのです。勝てるわけがありません」

そう爽やかに言い放つと、雲慶は肩をすくめた。

今まで言えなかったことを吐き出せたからか、その笑顔がいつもよりも晴れやかに見えた。詩雪もふっと和んで笑い声を立てる。

「ふふ、そうですね。あれほど恐ろしい生き物を見たのは私も初めてで、思わず身が竦みました」

「そうですか？　あの時の莉雪様は、凶獣にも動じずに堂々としておられたように見えました」

「まさか。恐ろしさで身動きできずに固まっていただけです。もしかしたらそれが功を奏して動じていないように見えたのかもしれませんね」

などと二人は笑いながら会話し、その日は更けていったのだった。


誠国の邸宅で、文頼は文机《ふづくえ》を前にして筆を握っていた。

文頼が尊敬している兄、雲慶から日々の出来事を定期的に文にして送るようにと言われていた。雲慶が、誠国で酷い扱いをされないか心配だからと言われて。

兄を尊敬している文頼は、毎日欠かさず状況を書き留めている。今日も書こうと、こうして筆を握ったのだ。だが筆が重い。

以前は、侍従が渋い顔をするほどに分厚い紙の束に日々のことを綴っていたというのに、ここ最近はどうしても筆が乗らなかった。

原因は分かっている。

「昨日も、女王陛下はいらしてくれなかった。また今日も来てくれないのだろうか……」

思わず悲しみが口からこぼれる。流麗な眉を寄せて、切なげにため息をついた。

女王が最初に文頼のもとを訪れてからというもの、女王は三日とおかずに文頼に会いに来てくれた。

女王は、想像よりも可憐でたおやかで魅力的な女性だった。

確かに事前に聞いていた通り、女王は中性的な物言いをして意志の強そうな瞳を持ち、一国を背負い立つ女王らしい周りを圧倒するような強さがある。

だが一方で、重責を一人で背負い誰にも弱さを見せまいと耐えている健気な姿を見せる。それに時折見せる年相応の少女のような無邪気な笑顔、文頼が少し触れると恥じらうようにして少し俯くその仕草に、文頼は夢中になった。

可憐という言葉は彼女のためにあるのではないかとさえ思えてくる。

誰もが強い女性だと言う彼女の弱くて脆い部分を自分だけが見ているかのような、そんな優越感。

だが、ここ数日、その彼女が文頼のもとを訪れてくれない。

彼女が文頼に会いに来てくれなければ、文頼からは会えない。文頼はあくまで、詩雪の婿候補で、女王の後宮の住人。会いたい人に会えないことがこれほど苦痛であることを文頼は初めて知った。

会いたい。その思いばかりが募る。女王と最後に会った日、何か失礼なことをしてしまったのだろうか。

嫌な考えばかりが浮かび、文頼は首を振る。

「ここで、こうしていてもしょうがない。外に出るか……」

鬱々した気持ちのまま、文頼は殿を出た。

文頼は女王の婿候補とされているが、厳密には女王はまだ後宮を開いていない。そのため後宮内は人が少なく、比較的自由にできる。それでも後宮からは一歩も出られはしないが。なんとはなしに散歩に出かけ、後宮の中央にたどり着いた。ここは綺麗な白い花を咲かせた冬青花の木がお行儀よく並んでいた。

もっと奥に行けば、冬青花の木に囲まれた東屋がある。この場所は、女王のお気に入りの場所だそうで、二人で会う時はよくそこでお茶をした。

冬青花の可憐な香を嗅げば気分が晴れるのではないかと、そう思ってここまで来たがむしろ切なさが増していく。

帰ろうかとも思ったが、せっかくここまで来たのだからとそのまま東屋に行こうとして、気づいた。

東屋に誰かいる。

心臓が激しく高鳴った。

東屋には幾何学紋様の木枠の囲いが設置されているため、その中にいる人の顔が隠れている。だがあの細い身体は、隙間から見える黒檀のような美しい髪は、まさか……。

はやる気持ちを抑えつけながら、文頼は歩を進める。そして東屋にたどり着き、その場にいる人を見て目を見開いた。

「女王陛下……」

東屋にはずっと焦がれていた詩雪女王がいた。椅子に腰かけて、一人でお茶を飲んでいる。

そして突然の文頼の登場に、目を丸くして驚いていた。このまま彼女が逃げ出してしまいそうな気がして、慌てて女王の腕を取って引き寄せ、抱きしめた。

女王の身体は思いの外に軽く、吸い込まれるかのように文頼の胸の中に収まった。

心臓が早鐘を打っている。きっと女王は、文頼の鼓動が異様なほどに高鳴っていることに気づいただろう。

「ぶ、文頼殿……？」

戸惑うような女王の声が聞こえて、文頼はハッと正気を取り戻した。

慌てて身体を離す。

「も、申し訳ありません。突然、このようなこと……」

言葉が震えた。一国の王に対し、無礼な振る舞いをしたことは分かっている。

「あ、いや、その……突然で驚きはしたが、大丈夫だ」

いつもの、少々無骨な口調で女王が返す。その頬に少し赤みが差して喜んでいるように見えるのは、文頼の願望だろうか。

たまらず文頼は口を開いた。

「どうして、最近は会いに来てくださらないのですか？」

文頼に問われた女王は、ハッと息を呑むような表情をした後に視線を逸らした。

「……私のことをお嫌いになったのですか？」

絞り出すようにして文頼がそう問いを重ねると、女王は首を横に振る。

「嫌い、だからではない。むしろ、逆だ」

「逆？」

女王の真っ直ぐな瞳が、射抜くように文頼を見つめた。

「文頼殿に惹かれ始めている。だが、私は王だ。誠国を治める者。これ以上、文頼殿に心を寄せれば、私は国を守る強い王として立っていられなくなる。そなたに溺れて、国を、民を、蔑《ないがし》ろにしてしまう」

女王の切実そうな顔に、文頼は愕然と目を見開いた。

そしてそんな文頼に追い打ちをかけるかのように女王は口を開いた。

「……文頼殿はもともとそのために来たのだろう？　馬鹿な女だと嗤ってくれ。そなたの企みには気づいていたというのに、それでも愚かにも惹かれてしまう私を」

「そんな、ことは……」

と、掠れた弱々しい声が文頼から漏れた。

文頼は、久しく忘れていた己の目的を思い出していた。

寛国の横暴な王を諫めるために、詩雪の力を使おうとしたのだ。他国の干渉に慎重な誠国の女王を誑かし、意のままに操ろうとしていた。そうして、現寛国王である虎静を追い落とし、寛容でいて理知的な雲慶兄上を王に据えようと、そう思って……。

だが、最近の文頼はどうだ。女王の言動に一喜一憂し、会えた日は天にも昇る心地で、会えなかった日は気分が落ち込み何事も手につかない。そしてここ最近、女王が会いに来てくれない日々が続いて、常に女王のことに想いを馳せるばかりで食欲もなくし、すっかりやつれてきている。

彼女なしでは生きていけないような気さえする。

今ここで、文頼の本心を打ち明けたらどうなるだろうか。

嘘を聞き分けられる女王の耳に、どう響くのだろうか。

今にも泣き出しそうな女王の頬を文頼は両手で包み込んだ。

「確かに、私は女王陛下に対してとても不遜な気持ちを抱いて誠国に参りました。でも、今は違います。私は、貴方を、貴方だけを愛しております。寛国のことなどどうでも良いのです。貴方が、寛国を、兄上を裏切れと言えば、その通りにいたしましょう。貴方さえいてくだされればそれでいいのですから」

文頼の言葉に、女王の目が見開かれて、その瞳が濡れて涙が溜まっていく。

「おかしい、文頼殿の言葉に、嘘の響きがない……。文頼殿、そんな……本当に？」

「本当かどうかは、貴方が一番分かっておいででしょう？　私の言葉に嘘はありましたか？」

優しく諭すように言うと、女王は微かに首を横に振る。目に溜まった涙がたまらずといった具合にこぼれ落ちた。

そしてそのまま文頼の胸の中へと顔を埋める。

文頼は、涙に震える女王の肩をしっかりと抱きしめた。

何があろうとも、この可愛らしい人を守ろうと誓った。文頼は出来の悪い王子だった。上の兄に比べて度胸がなく、下の弟と比べたら強かさが足りない。だが、この人のためなら、なんでもできるような気さえする。

文頼が愛を噛みしめているその胸の中で、美しい女王の面を被った欺瞞の凶獣が心を弄ぶ愉悦に浸って嗤っているのを、幸せの絶頂にいる文頼は知るよしもなかった。

寛国の後宮に住まうことになった詩雪だが、誠国のことについてもある程度状況は把握していた。

というのも、宮女が出払った深夜に、自身の影から従僕である晶翠を呼び寄せて誠国の話を聞いているからだ。もともとは人ならずの存在である晶翠は、どれほど離れた場所にいようとも、影を通して詩雪のもとを訪れることができる。

今日もいつも通り、自身の寝室で誠国の状況を聞いていたのだが……。

「晶翠お前、何をしているのだ……」

詩雪は思わず半眼になって、晶翠の妖しいほどに美しい顔を見た。

「何をと申されましても、詩雪様のお言い付け通り、文頼を手厚くもてなしているだけですが」

何も悪いとは思っていなさそうに微笑んだ晶翠に、詩雪は重たいため息をついた。

「手厚くもてなしているのではなく、単に誑かして遊んでいるだけだろう」

そう声を出して、詩雪はがっくりと肩を下げる。

晶翠から聞いた文頼の様子は、誑かされている、としか言いようがない状況だった。

（文頼殿のことについては、今まで軽く報告を受けるだけで流していた私にも責任はあるかもしれないが……）

頭痛がしそうで、思わずこめかみに指を当てる。

今までも数日に一回は、文頼の様子を聞いていた。晶翠は毎回、『元気にお過ごしです』とか『特に問題行動はありません』などと言っており、詩雪としてもそこまで興味がなかったのでそれで流していた。

今日も、詩雪が気にならなかったらそのまま文頼の状況を知り得ることなく流していただろう。今回気づけたのは、たまたま違和感があったからだ。

というのも、晶翠が文頼から聞いたという寛国の内情が、寛国の兄弟間の揉め事というか、あまりにも込み入ったものだったからだ。

今の寛国の王である虎静が当時の第二王子であり弟でもある二《ニ》清《セイ》を殺したのではないか、という話だった。

文頼が身内の話を打ち明けたことに疑問を抱き、晶翠が文頼とどのくらい親しくなったのかを聞いたところ、想像もしていなかったような事態になっていることを知ったのだ。

まさか文頼が、詩雪に化けた晶翠と恋物語にでもなりそうなことになっていようとは、思うはずもない。

しかも晶翠が本気で文頼を好いているというのならまだ救いはあるが、もちろんそんなことはない。

「お前……。そのうち私はもとの立場に戻るのだぞ。その時に文頼殿をどうすればいいのだ」

「さあ。それは詩雪様がしたいようになさるのがよろしいかと」

悪びれることもなく言う晶翠に詩雪は片眉を上げた。

「晶翠、お前、もしかして怒っているのか?」

呆れたようにそう問い掛ければ、晶翠はにっこりと綺麗に微笑んだ。

「まあ多少は。私も反対だったのですよ。一人で寛国に行くなど……」

「まったく。ここまで協力しておいて今更何を言う」

「協力? 便利な言葉ですね。貴方の愛の奴隷たる私に、逆らうことなどできないと知っているでしょうに」

色気をたっぷりと振りまきながら微笑む晶翠が目に毒過ぎて見ていられず、詩雪は目を逸らしてため息をついた。

「文頼殿には申し訳ないことをした」

姿が詩雪であろうとも、内側が晶翠ならばどれほど魅力的に映ったことだろう。ここにいる晶翠という欺瞞の凶獣は、人を魅了するのがうまい。

「詩雪様、申し訳ないとおっしゃるのでしたら、私に対してでしょう。愛する貴女と離れ離れにされた私の心は今にも粉々に砕けてしまいそうです」

そう言ってわざとらしく切なげな顔をする晶翠の顔を思い切り殴りたくなったが、詩雪はどうにか堪えた。どうやら晶翠は、詩雪が寛国へ行くきっかけになった文頼にも怒っているらしい。

はあ、とまた重いため息をつく。

（もう諦めて誠国に戻るべきか）

そんな考えが一瞬浮かぶが、おそらくもうこんな機会は二度とない。

少しの逡巡の後、このまま寛国に残ることに決めて口を開いた。

「それにしても今の寛国の王が弟を殺したかもしれない、というのは穏やかじゃないな」

詩雪は、改めて晶翠が文頼から聞いた寛国の王族の内情について思いを巡らせる。

「事実かどうか分かりませんが、少なくとも文頼は、虎静が当時の第二王子・二清を殺したと思っているようでした」

「なるほど……。今の寛国の王が、人が変わったように横暴に振る舞い始めたというのは、それが起因なのかもしれないな」

　もともと嫡男である虎静が王太子として定まっていたが、文武に秀で明朗《めいろう》闊達《かったつ》な次男の二清を推す声もあったという。そして当時の寛国王が病で倒れてあと数日ももたないとなった時に、虎静が凶獣を解放して王位を確かなものとし、その日のうちに二清は亡くなった。二清の遺体は首を切られていたという。

　二清の死について追及する動きもあったが、その時にはすでに虎静は凶獣檮杌を従えており、誰も逆らうことはできなくなっていた。

「ところで、詩雪様こそ、最近はどうなのです？　やはり寛国の王は会いに来ないのですか？」

「王は来ないな。色々話を聞いてみたかったが……」

　寛国の王は一度も詩雪を呼んだことがない。

　寛国の王については、誠国を攻めたという負の感情があるが、今はそれ以上に同じ凶獣を従える者としてその人となりをもっと知りたいと思っていた。

　だが、なかなかその機会は訪れていない。

「詩雪様、ひどい方です。私というものを目の前にしながら他の男の話をしだすなんて」

「お前が振ってきた話題だろう」

　と呆れて返す。

「他の男といえば、あの男はどうなのですか？　まだ烏滸《おこ》がましくも詩雪様のもとに来るのですか？」

「他の男……？　ああ、雲慶殿のことか」

　定期的に詩雪の茶のみ相手になってくれる雲慶の顔を思い描いた。

　関係は良好だ。

「あの方は、寛国の王に捨て置かれた私のことを不憫に思ってよく話し相手になってくれているだけだ」

　詩雪がそう語ると、晶翠は胡乱な目をした。詩雪は思わず眉根を寄せる。

「なんだその顔は」

「いいえ、詩雪様は相変わらず愚かだなと思いまして」

「どういう意味だ」

「兄である王を差し置いて、後宮に入って詩雪様に会いに行くおかしさに、気づいてますか？」

「いや何もおかしいことはないだろう。私を不憫に思っての優しさだ」

「詩雪様は色ごとの話になるとこんなに頭がお花畑なのに、どうして私に堕ちないのでしょうね？」

「悪口を言いに来たのならもう帰れ」

「いやです。折角の逢瀬……まだ語らっていたいと思うのは私のわがままでしょうか？」

「知らん」

「相変わらずつれない方です。ですが、そろそろ帰る時期について考えてはいかがですか？　いつまでも私が詩雪様のふりをしているわけにはいきませんよ」

「それは……分かっている」

詩雪は苦く答えた。

晶翠の話によると、誠国内では詩雪が一人寛国に旅立っていることに気がついているものはいないらしい。だが、さすがにこのままずっというわけにはいかないことを詩雪は理解している。

晶翠の人を騙す能力については詩雪も信をおいているので、周りに露見する心配はあまりしていないが……。

「だが、まだ……もう少しだけいさせてほしい。それに、最近、私の周りが少々きな臭いというかなんというか……何者かの悪意を感じる時がある。ここで帰ったら、まるで逃げるようで癪だ」

「悪意？」

「最初は偶然だと思ったのだが、私の側仕えの宮女が、軒並み私の屋敷に置いてあるものを壊すのだ。それに最近は誰もいない部屋でコチコチと怪しげな音が鳴るらしく、宮女達の中には怖がって寝込む者まで出ている」

「詩雪様……やはり帰りましょう？　寛国の皆さんに嫌われているようですし」

わけ知り顔でそう言う晶翠を詩雪はムッと睨みつける。

「いや、別に嫌われてなどいない、と、思う。物を壊すたびに顔色を青くして嘆くのはその宮女達だ。彼女達が進んで壊しているとは思えない。それに状況からしてわざとでもなさそうなのだ。例えば、茶器を運ぶ際にちょうどお盆が割れて茶器を落とすといった具合でな。どちらかというと、誰かが細工をして宮女に物を壊させているような感じがする……」

「誰かに恨まれている心当たりはあるのですか？」

「……寛国の第一妃、永明妃には嫌われているかもしれない。最初に礼を欠いてしまって、それから一度も声をかけてくださらない。いまだに朝議にも出られていない。それに毎日のように苦情の手紙が届いている」

「詩雪様、どんな悪いことをなさっているのです？」

「いや、最初の挨拶以外に悪いことなどしていない、つもりだ。永明妃の苦情も、単なる彼女の思い込み、だと思う。寛国王を誑かすのはやめろとか、そういう類のだ」

「誑かしているのですか？」

「誑かしてなどいない！　先ほども言ったが、後宮に入ってから王に一度も会えていない。永明妃にもその旨を書いた文を何度も送っているのだがな……。しかも、今私が住んでいる宮は、もともと永明妃の宮だったようだ。それを私が来るというから明け渡さなければならなかったようで」

「それは恨みを買って当然では」

「私がやりたくてやったわけではないし、知らぬうちにそうなっていただけだ。だが、なんと言おうとも、永明妃は私の言葉に耳を傾けてくださらない」

「なるほど。詩雪様が懸念している宮女達が屋敷の物を壊すということについても、もともとその屋敷に住んでいた永明妃でしたら勝手も分かっていて細工も容易いかもしれませんね」

「私もそう思う。だが、そうだとして永明妃の目的が見えない。そんなことをしても、私を後宮から追い出せるわけでもないというのに」

もし本当に詩雪を追い出したいのなら、もっと苛烈なことをするのではと、思う。

だが、どうも今の状況は手ぬるすぎる。それとも、これこそが普通の妃いびりというものなのだろうか。

幼い頃より、呂芙蓉という悪女にいびられ続けていた詩雪からしたら、正直、宮女が皿や調度品や装飾品を壊したり失くしてしまうことなどいびりに入らない。

物が壊れて辛い思いをするのは、どちらかというと詩雪よりも、実際に物を壊してしまう宮女達のようにも思える。

詩雪としては、一応不注意を咎めはするが、わざとではないので大方許すようにしている。

とそこまで考えて、詩雪はふと思いついた。

「もしかしたら……私を怒らせようとしているのだろうか」

「怒らせる、ですか？」

「なんとなくだから、うまく言葉にはできないのだが……。物を壊したり失くすことが目的ではなく、宮女が失敗した後での私の反応を見ているような気がする」

詩雪は視線を床に向けて思考を重ねる。

が、何故そう感じたのか、どうにか言葉にしようとするがやはりはっきりとした答えが出てこない。

「もう少し様子を見てみるか。だが、この件がはっきりしないうちは、誠国に戻るつもりはないとだけは言っておく」

詩雪がそう言うと、晶翠は嫌そうに目をすがめた。

「そのような些事、気にすることでもないでしょう。貴方に一声かけていただければ、私がそんな愚かな妃など一瞬で消し炭にしてさしあげますのに。ほら、私に全てを委ねると、一言そうおっしゃっていただきゃ」

睦言《むつごと》を囁くかのような晶翠の言葉は途中で力なく止まった。

話の途中で詩雪が晶翠の両頬を指で挟んだからだ。晶翠の端整な形をした唇が、蛸のように突き出される。とはいえ、それでも晶翠は美しく、憎らしいのだが。

「晶翠、お前、また私を堕とそうとしているな」

晶翠とは契約上、主従関係を結んではいるが、彼は隙あらば詩雪を虜にしようとしてくる。先ほどのもそうだ。自分を頼らせて詩雪を絡め取ろうとする。

晶翠はやんわりと詩雪の手をとって下ろした。

「堕とすなど、とんでもありません。私はいつも詩雪様のことを思って言っているだけですから」

そう言って、少しも油断できない詩雪の凶獣は嗤うのだった。

第四章

詩雪のもとに、寛国の王弟雲慶が訪れていた。詩雪は早速殿内の庭にある東屋に案内して卓を共にする。

「雲慶様。また来てくださってありがとうございます」

「いえこちらこそ、頻繁に来てしまって申し訳ありません。ご迷惑でなければいいのですが」

「迷惑だなんて、とんでもありません。最近は雨が続いて気も滅入っておりました。話し相手になってくだされば気がまぎれます」

そう言って、詩雪は東屋の入り口から空を見た。今日は、久しぶりに太陽が顔を出してくれている。

ここ五日ぐらいは雨が続いていて、こうやって東屋でお茶をゆっくり飲むのも久しぶりだ。雨が続くと、殿に籠るしかできず、本当に気が滅入る。

「そう言えば、最近、例の呪い騒動はどうなりましたか？」

雲慶に心配そうに尋ねられて、詩雪は「これがまだ解決していないのです」と言って力なく微笑んだ。

呪い騒動というのは、ここ十日ほど前から詩雪のいる南桃殿で不気味な音がすると宮女達が騒いでいる件だ。

日が落ちると、誰もいないはずの部屋でコチコチと何かを打ち付けるような音がするらしい。

　寛国では、古くから藁人形に鉄釘を打ち込んで憎い相手を呪い殺すという有名な呪法があるらしく、そのコチコチという音が釘を木槌で打ち込む音に似ているのだという。そのため誰かが呪法を用いているのでは、この音はその呪いの産物なのでは、と宮女達は軒並み怯えているのだ。

　莉雪は、王に呼ばれてはいないものの、後宮の中でもかなりの高待遇で迎えられている。そのことに嫉妬した妃の誰かが、莉雪に、そして莉雪に仕える者達を呪おうとしているのでは……と考えているらしい。

　怖がりな者の中には本当に寝込んでしまう者もいて、誰かが寝込むとやはり呪いかもと思った他の宮女達もより一層怯え始めて次々に寝込んでしまった。今の南桃殿はかなりの人手不足だ。

「ただ、ここ数日はその音が聞こえないようで、このままこの騒動も落ち着けばいいとは思っています。もしまた、呪い騒動が起きたら……」

　とつぶやいて、詩雪は東屋から南桃殿の正門扉を見た。そこには紅孩のたくましい背中が見える。腕を組んで、まっすぐ正門扉を見張っている。

「紅孩に、中の仕事もお願いせねばならぬやもしれません……」

　力なく嘆くと、雲慶は「それは……」と言葉に詰まった様子だった。

紅孩は、正直なところを言えばあまり器用ではない。茶を淹れさせようとするとこぼし、茶器を運ばせようとすると壊し、着物を用意させようとすると破る。誰かに仕えて生活のこまごまとしたことをやらせるには不向きな人材だった。

とはいえ、紅孩は宦官。思わず紅孩に、今まで何をしていたのか聞くと、「つねに玉座の側にいる！」と元気よく答えてくれた。

宦官とは名ばかりで、どちらかといえば侍衛の役割を担っていたのかもしれない。そう思う方がしっくりくるぐらいに、何もできなかった。

なので、詩雪も、紅孩は侍衛なのだと思うことにして、ああやって門番のような仕事をさせている。

だが、このまま呪い騒動が続けば、紅孩にも殿の中での仕事をしてもらわねば回らない。

「言いにくいですが、紅孩が中の仕事をすると、余計に仕事が増えませんか？」

雲慶が憐みの視線とともに助言をしてくれる。詩雪は深く頷いた。

「そうですね。……ここ最近は音が聞こえるという話はないので、このまま収束してくれるのを願うばかりです」

「お気持ち、お察しいたします。それで、その、心配事がある中で、さらに暗い話を重ねてしまうようで恐縮なのですが、実は、今朝、少々困ったことが起きまして……。

本日はそれをお伝えするためもあって参ったのです」

と、雲慶にしては珍しく深刻そうな顔をした。

詩雪は「まあ」と言って微かに首をかしげると、雲慶が話し始める。

「繚中殿……毎朝妃達が朝議を行っているあの殿で、盗みがあったようで。今朝の朝議の場で、大騒動になりました」

「何か盗まれたのですか？」

「はい。繚中殿には、寛遼真君の石像があることを覚えていらっしゃいますか」

「もちろんです。石像自体も名工が作られたとはっきりと分かる素晴らしい出来で、そして何よりも抱えている珊瑚の瓢箪の輝かしさといったら、言葉に尽くせないほどです。あれほどの宝石細工、国宝と言っても過言ではないでしょう」

繚中殿で見た寛遼真君の石像を思い出しながらそう述べると、何故か雲慶の顔が陰った。

「実は、その珊瑚の瓢箪が盗まれたのです」

詩雪は思わず言葉を失った。寛遼真君の法器である瓢箪を模した珊瑚の宝石細工は一目見ただけでとんでもない価値を有するものだと分かる。あれが盗まれたとなれば大事だ。

「それにしても、どうして瓢箪の方を……」

詩雪は顎に手を添えて考える。

確かに珊瑚で造った瓢簞は、高価な代物だ。だがあまりにも価値が高すぎる。あれを盗んだとしても、換金もままならないし、換金しようものならすぐに足がついてしまう。

金銭目的ならば、瓢簞ではなく、石像にかけてあった衣などの方がよっぽどやり易い。

「今、永明妃が犯人を捜すために動いているのですが、莉雪妃含めて、妃方を集めて話をしたいということで、明日の朝議には来るようにと」

「私が、朝議に……」

念願だった朝議への参加が、まさかこんな形でなされるとは。

(しかしあまりいい予感がしないな)

などと詩雪が考えていると、「きゃあああああああ!!」と突然、女性の悲鳴が聞こえてきた。

声は南桃殿の隅にある蔵から聞こえる。

今いる内庭の東屋からそう遠くない。

「雲慶様、申し訳ありません。少し離れます」

と慌ててそれだけ言うと、詩雪はガタリと音を立てて立ち上がって駆け出す。正門の左にある蔵の前で、宮女が一人膝を抱えて蹲っているのが見えた。

「大丈夫ですか!?」

詩雪は宮女に声をかけると、その背中をさする。宮女はヒックヒックと喉を鳴らして泣きながら口を開く。

「そ、それが……音が！　また、釘を木槌で打つような音がするのです！　きっと、呪い……呪いです！　藁人形に釘を刺して呪うという、あの……！」

宮女は真っ青な顔で、がくがくと震えながら答えた。

釘を木槌で打つような音……例の呪い騒動の音だ。

「おお、何事かあったのか!?」

と、正門の見張りをお願いしていた紅孩も駆けつけてきた。

「この蔵の中で確かに聞こえたのです！　かちかちって……！　絶対、呪いです！」

と言って、宮女はまた泣き崩れた。

「嘘を言っているようには見えませんね」

と、雲慶の声が聞こえて、詩雪は顔をあげる。雲慶が、腕を組み蔵を見つめていた。

東屋に残してきたつもりだったが、心配で来てくれたらしい。

「そうですね。きっとこの蔵の中に音の正体がいるのでしょう。実は私はまだ音自体を聞いたことがないのです」

詩雪はそう言って立ち上がる。蔵の扉に手をかけた。

「莉雪妃、まさか中に入るのですか？　怖くないのですか？　紅孩に行かせた方が……」

雲慶が訝しげに尋ねてくる。

「大丈夫です。私は、一応はこの殿の主なのですから。問題が起きたのならば、私が対処しなくては」

そう言って、詩雪は扉を押して中に入る。

カビのようなじめじめとした臭いがむわりとした。最近、雨が続いた故かもしれない。

薄暗い中へと一歩進める。ここは、あまり使われていない衣や、書物、掛け軸などといった諸々の物が保管されている小さな蔵だ。

詩雪が入ると、後ろから雲慶と紅孩も続く。

奥まで入って、詩雪は耳を澄ませた。

――コチコチ

ハッと詩雪は目を見開く。確かに、聞こえた。

思わず後ろを振り返って雲慶と目を合わせる。雲慶にも聞こえたようで、目を丸くしながら頷いた。

「む！　これが噂の呪いの音か！　小さいな！」

と大声を出すのは紅孩だ。静かな蔵の中だったこともあって、紅孩の声がより大きく響く。

「確かに、とても小さな音です。釘を木槌で打ち付ける音、と言われるとそう聞こえるかもしれませんが……」

と言ってから詩雪は再び耳を澄ませる。

——コチコチ
また聞こえた。詩雪は音のする方を探るようにして歩く。

（この音、どこかで聞いたことがある。確か、誠国でも……）

そして蔵の棚の上に置いてある、布袋からこの音が聞こえてくることに気づいた。

そこで、詩雪はとある誠国の宮女の顔を思い出した。虫が好きな少しだけ変わった宮女、小鈴だ。

「……分かりました。この音の正体が」

詩雪がそう言うと、振り返った。雲慶が驚いたように目を見開く。

「正体？　幽霊ではないのですか？」

「幽霊ではありません。……紅孩、あの棚に乗っている布袋をとってくれますか？」

「うむ！　任されよ」

音がする布袋が詩雪では手が届かない高い場所にあるためそう命じると、紅孩は快く請け合ってくれた。

紅孩は軽々と布袋を持ち上げる。ざらざらと豆のような小さな粒がたくさん入っている音がした。

(やはり中身は穀物か何かか……。しかし本来、ここは食物を置く場所ではないのだが)

と不思議に思いながらも、詩雪は外に出るように誘導する。

明るい場所の方が、正体が分かりやすい。

外に出たら紅孩に例の布袋を地面に置くように命じ、詩雪は袋の口をゆっくりと開いた。

「やはり……死番虫《しばんむし》ですね」

詩雪は袋の中の米の中に、赤褐色のコロコロとした形の小さな虫を見つけてそう言った。

「死番虫?　この小さな虫のことですか?」

雲慶も袋の中を覗き込んでそう尋ねてきたので、詩雪は頷く。

「はい。米などの乾燥穀物や、紙なども食べる厄介な虫です。この虫は、求愛行動をとる時にコチコチと音を鳴らすのです」

と、とある虫好きの宮女から聞いたことがある、というのを心の中に留めて説明した。

誠国にいた時、古い書物に穴が開いており、その時にこの虫がいたのだ。その時に、虫好きの宮女、小鈴がこの虫の仕業だと言って色々と教えてくれた。

――コチコチ

また袋から音がした。それを聞いていた宮女がハッと顔をあげる。

「これです！　確かにこの音です！　では、あの音は、呪いではないのですか!?」

「ええ、そのようです。今思えば、雨の日に音がしなくなったのは、雨音で聞こえなくなっていただけなのでしょう」

「ああ、良かったです……！　え、でも、そうすると、変な音はここ以外でも聞こえていたので、他のところにも虫が!?　大変です！　他の者達にも伝えてきます！　呪いではないと伝えて、虫を追い出さなくては！　よろしいですか？」

「もちろんです。よろしくお願いします」

すっかり血色の良くなった宮女は、ばたばたと駆けていく。宮女達が寝泊まりする場所に向かったのだろう。

詩雪はほっと息を吐き出した。

「お見事です。莉雪妃。博識なのですね」

「いえ、たまたまです。虫好きの知り合いがおりまして」

　これで一つ問題が解決した。

　だが、まだ気がかりなことがある。

　瓢箪が盗まれた。その話を聞くために行くことになった明日の朝議。なんだか嫌な予感しかしないのだった。


「晶翠、一つ聞きたいのだが、憤怒の凶獣と会ったことはあるか？」

　深夜になり、晶翠を呼びつけて誠国の現状を聞き終わった頃、詩雪はぽろっとそんな疑問を口にした。

「会ったことはありますけど、それがなんだというのですか？」

　ものすごく嫌そうな声で晶翠が答える。その様子に少々目を見張りながら詩雪は口を開いた。

「いや。どんな人物か知りたかっただけなのだが……」

「どうしてそれを私に聞くのですか？」

「どうしてと言われても、同じ凶獣だろう？　仲間みたいなものじゃないのか？」

「仲間？　馬鹿馬鹿しい。あり得ません。ああ、詩雪様、冗談でもあの野蛮人どもと私を同じ系列みたいに話すのはやめてもらえますか？」

珍しいことに、晶翠はかなり気分を害している様子でそう答えた。

「いや、冗談のつもりはなかったのだが……まあ、それほど嫌っているということは嫌うだけの接点はあるということか？」

「まあ、同じ時代を生きていた時もありましたのでね。接点はありますよ」

そう答えることすら不服そうに晶翠は口にする。その様子がなんだか面白くて、詩雪がふっと軽く声をあげて笑うと、晶翠がじとりと睨む。

「私の愛しい詩雪様はいつからそのように意地悪になられたのか」

「すまない。なんだか、可愛らしくてな」

と言って詩雪がなおも笑っていると、「ほう？」と、興味深いことを聞いたと言いたげな、楽しげな晶翠の声。

「それは良いことを聞きました。詩雪様は、可愛らしい男子がお好きなのでしょうか？」

意地悪そうな笑みを浮かべて、晶翠が詩雪に顔を近づける。

先ほどまでの愉快な気持ちが一瞬にして消え去った詩雪は、う、と唸ってから黙り込んだ。

「それなら、そうと言ってくだされば良かったのに。私なら、いつでも詩雪様好みの男になってみせますよ」

そう言って、詩雪の頬に手を添える。今にも唇が触れそうな距離となって、詩雪は慌てて彼の胸を押した。

「調子に乗るな」

「ふふ、この私をからかって遊んだお返しです」

そう言って、素直にそのまま離れる。ある程度の距離が保たれたことで、詩雪は内心ほっと胸を撫で下ろした。

そして改めて、晶翠を睨みつける。

「別に遊んだつもりはない。ただ、私は憤怒の凶獣のことが知りたかっただけだ」

「また、私を前にして私以外の誰かのお話ですか？　私の愛しい女王様は相変わらずひどいお方です」

「なんとでも言え。それよりも、憤怒の凶獣とはどんな人物なのだ？」

「私とてあまり知りません。うるさくて、いつも怒ってましたね、天帝に」

「天帝にいつも怒っているのか……伝承通りだな」

憤怒の凶獣に関する書物をいくつか読んだ。

憤怒の凶獣は、もとは一人の人間だったのだという。だが、世の中の理不尽を嘆き、その罪を天帝のせいだと訴えて常に怒り昂っていた。そうやって憤怒にのまれた人間が、いつしか獣の姿へと変わっていったのだという。

「私が知っていることなど、伝承とそう変わりありません。いつも怒りで髪が天を突き、頑迷で、暑苦しい男でした」

「そうか……」

詩雪はそう頷くと、物思いにふける。

寛国の王と謁見した時、凶獣を見た。玉座の後方で寝ていたあの大きな獣のことを考える。

「伝承ほど、凶悪な獣には見えなかったがな……」

詩雪はそう静かにこぼしてから、再び、晶翠に視線をよこす。

「晶翠、実は少しお願いがあるのだ。聞いてくれるか？」

「詩雪様を愛してやまないこの私が、願いを聞かないなどあるわけがないでしょう？さあ、なんなりとお申し付けください。私の可愛い女王様」

いつも通りの甘ったるいねちねちとした言葉に、詩雪は苦笑いを浮かべつつも口を開いたのだった。


翌日、紅孩を連れて詩雪は繚中殿へとやってきた。

繚中殿に着くなり、永明妃を中心とした他の妃に取り囲まれる。

「とりあえず、あれを見なさい」

忌々しそうに永明妃が言ってからとある場所を指さした。

そこには、瓢簞を失くした寛遼真君の石像が立っている。

美しい衣はそのまま羽織っているのに、珊瑚の瓢簞だけがすっぽりと失くなっていた。

「まあ、なんて痛ましい」

そう言いながら、視線を下に移した時、詩雪は石像がある場所に上るための階段が崩れていることに気づいた。

（盗んだ時に、階段が崩れたのだろうか）

確かめるために階段の近くまで行く。崩れた場所を見ると濡れたように木製の床の色が濃くなっている。

（連日の雨で雨漏りし、そのまま濡れた場所が腐って弱くなっていたのだろう。そこを誰か、おそらく盗人が踏み抜いて壊したのだ）

崩れた所を触ってみると、やはり濡れて湿っている。

「あなたが盗んだのでしょう？」

思ってもみなかったことを言われて詩雪は振り返った。永明妃が詩雪を睨みつけている。

「まさか。盗んでなどおりません」

否定するが、相手は信じていないようだ。眼差しは鋭いまま。

「昨日、調べましたが、外部から侵入した形跡はありませんでした。これは内部の者が行ったのです。そして昨日のうちに後宮内の建物は改めました。……ですが盗まれた珊瑚の瓢箪は見つかりません。残るは、あなたの殿だけです」

なるほど、そう来たか。詩雪は心の中で苦笑いを浮かべる。

「分かりました。これから私の殿を改めるのですね？」

「その通りです」

そう言って、永明妃が勝気に微笑む。その顔で、全てを察した。

これは、詩雪をはめるためのものなのだと。

詩雪は、永明妃とその宮女らを連れて自身の宮、南桃殿に戻ってきた。騒ぎを察してか雲慶も一緒に来てくれていて、正直とても心強い。

「では、まずはあそこの蔵を見ましょう」

そう言って、永明妃が指さしたのは、昨日、カチカチという音がしたという騒動のあった蔵だ。

「かしこまりました」

そう言って、詩雪は蔵に向かう。

昨日も入ったその蔵の扉を開けて、詩雪はああやはり、と心の中で嘆いた。

蔵に入った正面の奥に、昨日はなかった絹の袋が床に置かれている。

「あれはなんですか？」

すでに勝ち誇ったような声が後ろから聞こえた。永明妃だ。

「……さあ、私にも分かりません。中を見てみます」

そう言って、詩雪は袋の紐をほどく。

そして現れた赤い輝きに、思わず舌打ちしたくなった。

袋の中には、昨日盗まれたという珊瑚でできた瓢箪が入っていた。

「やはり！　あなたが盗んだのですね！」

喜色を隠し切れない永明妃の声。詩雪は、こっそりと瓢箪に触れてから、首を横に振った。

「ち、違います！　私ではありません！　それに、昨日はこのようなものはありませんでした。誰かが、私の蔵に入れたのです！　濡れ衣を着せるために！」

「言い訳は聞きたくありません！　実際に宝物がここにあるのが何よりの証拠！」

そう言って、指を突き付けられた時に、雲慶がこちらに来た。

「雲慶様！　雲慶様も、見ましたでしょう!?　昨日はこの蔵にこのようなものはなかった。そうですよね？」

「ええ、確かに、ありませんでした」

目を丸くしながら雲慶が答える。それを聞いて、永明妃は明らかに不服そうな顔をして口を開く。

「いかにお気に入りだからといって特別扱いで庇いだてするなんて！」

「いや、我も見た！　このようなものはなかった！」

殺伐とした雰囲気をぶち壊す勢いで陽気な声が響く。紅孩だ。

永明妃が怯んだように一歩下がったので、詩雪は瓢箪を持って立ち上がる。

「永明妃様、後宮の建物はお調べになったと言いますが、永明妃様の殿は調べられましたか？」

「は？　何故……私が盗んだと言いたいの？」

「そういうわけではありませんが、確認したいのです」

「何を確認すると言うのです？　盗まれたものは、もうここにあるのに！」

と言う永明妃の激昂を正面で受け止め、ゆっくりと抱えている珊瑚の瓢箪の向きを変えて、見やすいように前に出す。

「こちらを見てください。珊瑚の瓢箪についていた真珠が一つ、失くなっております。おそらく、何かの拍子で落としたのでしょう。ですが、この袋の中にはありませんし、瓢箪がもともと置いてあった繚中殿にもなかった。ですよね？」

詩雪が、真珠が一つ外れている箇所を示しながらそう言うと、永明妃はハッと眉根を寄せた。

「ええ、そうね。それは確かに、そうだけど……」

「失くなった真珠は、本物の盗人のところにあるように思うのです」

「……ほ、本物の盗人？」

「そうです。おそらく盗人の目的は、盗むことではなく、私を追い出したくて濡れ衣を着せること。瓢簞を盗み出し、昨日隙を見て私の屋敷のどこかに置こうとしたのでしょうが、私の殿は常に紅孩が見張っていて置くことができなかった」

詩雪が説明を進める間に、永明妃の顔色が徐々に青白いものに変わっていく。それを眺めながら詩雪はさらに話を続ける。

「それで盗んだものを石像に戻そうとした。けれど、雨漏りのせいで階段が腐っていたため、盗んだ時に崩れ落ちていたのです。そのため戻すこともできずに自身の住処に隠した。そして、今朝、私が紅孩を連れて繚中殿に行っている間に、瓢簞をこの蔵に置いた」

詩雪がそう説明し終わると、永明妃はわなわなと唇を震わせた。

「つまり、お前は、この私が瓢簞を盗み、お前に濡れ衣を着せたと言いたいの!?」

「その可能性があるというだけです。ですが、捨てきれない可能性です。恐れながら、永明妃の殿を調べても良いでしょうか？　もしかしたら、瓢簞から抜け落ちた真珠が見つかるかもしれませんので」

詩雪は、瓢箪の真珠が抜け落ちた部分を見せながら、そう言った。

永明妃の殿に着き、最初の蔵を調べたところですぐに真珠が落ちているのが見つかった。

瓢箪についていた真珠はとても大きなもので、代わりの物をたやすく用意できる類のものではない。もし永明妃の殿に真珠が落ちていたら、それは詩雪の推測が正しかったことを意味する。

「そんな！　なんで、こんなところに！」

永明妃は顔を青白くさせながら、信じられないと言いたげな瞳で真珠を見ながらそう声を荒らげた。

その驚きはきっと本心なのだろうと思う。

確かに一度は、瓢箪を自分の殿のどこかに置いたのだろうが、ここには置いていなかったのかもしれない。それなのに、何故か、ここで真珠が見つかった。永明妃の侍女の一人が、永明妃よりも青白い顔で、「あり得ない」とつぶやきながら震えている。

（彼女が、実行犯か）

永明妃の命に従って珊瑚の瓢箪を盗み、そして詩雪が朝議に向かっている間に、盗んだものを蔵に置いた。

「これは、なんという……永明妃、たとえあなたが第一妃だとしても、ここまでのことをしてはお咎めなしというわけにはいきません」

ここまでついてきていた雲慶が険しい顔で、永明妃を責め立てる。

「違う、違う、違う、このようなこと、私は知らない！」

「では、何故、ここに真珠が落ちているのですか!?」

「それは……！」

と顔色を青白くした永明妃を守るように、詩雪は雲慶の前に立ちはだかった。

「雲慶様、落ち着いてください。これらは全て、永明妃様の御心遣いなのかもしれません」

詩雪がそう言うと、雲慶も永明妃も目を見開いた。

「それは……どういう意味ですか？」

雲慶が怪訝そうに尋ねてくるので、詩雪は笑みを浮かべた。

「人というのはたまに物忘れをするもので、永明妃もきっと忘れてしまったのです。永明妃は、珊瑚の瓢簞を守るために、石像から取ったということを」

「は？　何を、何を言って……」

と、戸惑う永明妃を置いて詩雪は話を進める。

「繚中殿の雨漏りにいち早く気づいた永明妃様は、瓢箪が痛むのではと心配し石像から取って自身の殿に置いた。ですが盗む際に、階段が崩れて少し頭を打ったのかもしれません。その時は問題なかったのに徐々に記憶に支障をきたし、瓢箪を避難させたことを忘れてしまった。ですが、今朝、殿で瓢箪を見つけた。理由が分からず混乱した時に、私があの素晴らしい珊瑚細工を近くで見たいと言っていたのを思い出し、親切心で私の殿に置くようにと命じられた。ですが、その後も不運なことに頭を打ってしまい、そのことも忘れてしまったのかも」

詩雪がとうとうと語ると、雲慶も、永明妃も呆気にとられたような顔をしてしばらく固まった。

最初に正気を取り戻したのは雲慶だ。

「何を、そんな荒唐無稽な話を……」

「でも、真実かもしれません。だって、雲慶様だって、永明妃が瓢箪を盗んだところを見てはいないのでしょう?」

「またそれですか。しかし、その……あなたはそれでいいのですか?」

「ええ、私はかまいません。永明妃も、よろしいですか?」

そう言って、詩雪はいまだに呆然としている永明妃の方を見る。

詩雪の視線を受けて、一歩、二歩と後ずさり、そして今にも倒れそうだったので、詩雪は慌ててその手を取って引き込み、抱きしめた。

そして、永明妃の耳元で伝えておかねばならないことを小声で口にする。

詩雪の言葉を聞いて、ハッと永明妃は目を見開いて距離を取り、詩雪を見る。

「珊瑚の瓢箪も戻りましたし……これで解決にいたしましょう」

そう言って、詩雪が微笑みかける。

「……ええ、そうね。これでおしまいにしましょう」

永明妃は一呼吸おいて項垂れてからそう答えたのだった。


夜も更けた頃、詩雪は寛国の王、虎静の寝所にいた。まだ寛国王は来ておらず、ここまで連れてきてくれた永明妃と二人で座して待っていた。

ほとんどあきらめかけていた寛国王との接触が叶いそうで、思わず笑みがこぼれると、

「そんなに嬉しいの？」

と隣から忌々《いまいま》しそうに永明妃が言う。

例の瓢箪盗難事件の時、永明妃の耳元で囁いたのは、『この件をうやむやにする代わりに、王に会わせてほしい』というものだった。

あの件があのまま永明妃の策略となればさすがに第一妃でも罰を受けねばならない。

最悪、位を落とされる。この提案に、永明妃は乗るしかなかった。

「ええ、ずっと話したかったので。ですが……永明妃が心配されるようなことではないのでご安心ください」

そうは言ってみるが、永明妃の顔は険しいままだ。

「そんなもの信用できるものですか。だってお前は、悪い噂ばかり聞くし……怪しすぎるのよ！　大体、私の殿のあの場所に真珠が落ちているのだって、本来あり得ないことで……！」

「瓢箪は、別のところに保管していたのですよね？」

「ええ、そうよ！　私の寝所に置いていたのに！　って、何を言わせるのよ！　もう、だから、私が言いたいのは、あそこに真珠があるわけないということよ！」

「最初に私の蔵で瓢箪が見つかった時、私が密かに真珠を一つ、瓢箪から取っていたのです。そしてそれを永明妃様の殿内に転がしました」

「え？　……はあ!?　では、まさか、自分で真珠を取っておいて、真珠が欠けていると騒いで私の殿に行くよう誘導したってことかしら!?」

「ご明察です」

詩雪がにっこりと微笑むと、永明妃は心底嫌そうな顔をした。

「ああ、やっぱり、思った通りの性悪女だわ！」

それはお互い様では、と思ったが詩雪は口にはしなかった。呂芙容に比べれば可愛いものである。

「それにしても、あのような騒動を起こしてまでどうして私を追い出そうとしたのですか?」

「だって、陛下があなたのことを気に掛けるから。誰にも悟られずに会いたいと、よりにもよって陛下を愛しているこの私に言って……」

と今にも泣き出しそうな顔をした。

永明妃の話に、詩雪は目を丸くする。

(寛国王が、誰にも悟られずに会いたいと……?)

理由を尋ねようと口を開きかけた時、正面の御簾の奥から音がした。

おそらく、寛国王が寝所にやってきたのだ。

永明妃は深く頭を下げる。呆然としている詩雪も、視線で早く頭を下げなさいと促されたので、頭を下げた。

「永明妃、いるか」

御簾の奥から声がする。寛国に来た時に聞いて以来の寛国王の覇気のない声。

「はい、ここに。本日は、他に莉雪妃を連れてございます」

「何!?」

寛国王がそう言ってバタバタと足音を鳴らす音がする。そしてシャッと御簾をあげたのが分かった。

「お前が誠国から来た莉雪……顔をあげよ」

その声に応えて、詩雪は顔をあげた。目の前に、寝着に着替えた寛国王がいた。最初に見かけた時と変わらず、頬がこけ、顔色が悪く覇気がない。その顔が、詩雪を驚きの目で見つめていた。

「はい。莉雪にございます」

虎静は、目を見開いたまま詩雪を凝視し喉を鳴らして唾を飲み込んだ。

「永明妃、ご苦労だった。もう下がれ」

永明妃を一瞥することもなく虎静は言う。

「え、しかし」

「良いから下がれ」

一瞬ためらう様子を見せた永明妃だが、虎静に強く言われれば逆らえない。そのまま部屋を出て行った。

少し申し訳ない気持ちもあるが、二人きりというのは詩雪としてもありがたい。

「陛下、ご挨拶を……」

「挨拶などはいい！　お前は誠国の女王と連絡は取れるのか!?」

切羽詰まったように言われて詩雪は面食らいながらも口を開く。

「やろうと思えば方法はあります。何か、誠国の女王にお伝えされたいことが？」

「ああ、そうだ。女王に伝えてくれ。た、た、助けて欲しいと……」

動揺しているのか、虎静の目が揺れている。何かに怯えているかのように。

「助ける？　どういうことですか？」

「私は、本物の寛国の王ではない！　脅されているのだ！　凶獣を従えているのは、私ではなく……！」

「兄上、勝手なことをされますと、困ってしまいます」

虎静の訴えを、穏やかな声が遮った。

詩雪がハッとして声のした方を見ると、先ほど永明妃が出て行った扉の近くに雲慶の姿があった。

「う、う、う、雲慶！　許して、許してくれ……！　殺さないでくれ！」

虎静がそう叫んで、身体を丸めて頭を抱えた。

その身体ががくがくと震えている。

あまりにも哀れな様子に眉を寄せてから、詩雪はゆっくりと雲慶に視線を戻す。

「雲慶様こそ、どうしてこちらへ？」

詩雪は、底知れない笑みを浮かべて佇む雲慶を見つめて問う。

「永明妃の一件のことが引っ掛かりましてね。少し様子を見せていただきました」

「後をつけていたわけですか」

「はい。……兄上、申し訳ありませんが、彼女と二人で話したいので、出て行っていただけますか？」

「あ、ああ、わか、分かった……！」

虎静は、これ幸いとばかりに腰を抜かしながらも、ドタバタと慌てて部屋から出て行く。

これで、とうとう詩雪と雲慶と二人、いや……。

「紅孩もいるのですね」

隅の方で佇む大男の気配を察して詩雪が言うと、大男の影はニイと歯を見せて笑った。いつもかぶっている帽子がなく、頭上には燃え上がる炎のように毛先が上に立った赤金髪が見えた。

謁見の間で見た、憤怒の凶獣の毛色に似ている。

「今、少しお時間よろしいですか？　莉雪妃。いや、誠国女王、詩雪殿」

雲慶のその言葉に視線を戻す。

やはり、詩雪の素性はとっくに知られていたようだ。

雲慶は片手で前髪をかきあげて後ろに流した。

夕日を思わせる赤髪、流麗な眉に筋の通った鼻。彫りの深い顔立ちに、髪の色に負けないほど鮮やかな赤の瞳をまっすぐ詩雪に向けて、鷹揚とした足取りでこちらに来ると詩雪の前に立つ。

髪型が違うからか、雰囲気が明らかにいつもと違う。普段は柔和に微笑んでいる顔が、今はどこか冷たい。

「やはり、あなたが王だったのか。雲慶殿。そして紅孩が、憤怒の凶獣か」

詩雪がそう言うと、雲慶はニヤリと笑んだ。

「その通りだ。あまり驚かないのだな」

雲慶の仕草のひとつひとつにまさしく王に相応しい威圧感がある。どうしてこれほどの圧の持ち主だと今まで気づかなかったのか、今では不思議なほどだ。

詩雪が親しみを感じていた謙虚さや柔らかさが微塵も感じられず、そのことが自分でも意外なほどに悲しくて、詩雪は軽く目を伏せる。

「それなら喜べ。十分に驚いている。ここまで雰囲気が変わられてしまうとはな、残念だ。普通に、好感を抱いていたのだが」

詩雪の戯言に、雲慶はくすりと笑うと、紅孩のいる部屋の隅へと移動した。そこには、円卓と椅子が二つ置いてある。

雲慶は優雅な物腰で奥の椅子に座ると、詩雪に手前の椅子に座るように手振りで示す。

詩雪には、雲慶の目的がまだ読めないが、今のところは詩雪を直接的に害そうとする気配はなさそうだ。もし、直接害すつもりがあるなら、紅孩を使っているだろう。

詩雪は雲慶に従って席についた。

「お茶でも飲むか？」

何も置いていない卓を見て、雲慶が尋ねたが、詩雪は首を横に振った。

「いや、いらない。それよりも聞きたいことがある。……いつ私が誠国の女王だと分かった？」

詩雪は慎重に言葉を交わす。詩雪の能力についても知られているのか知られていないのか、その点が分からない。

知られていないのならそのままでいてほしいため、あまり踏み込んだ疑問を口に出せない。これぐらいなら聞かれて容易に答えられる質問だろうと考えてこの質問を口にした。

「それは、初めて後宮に入ったあなたと会話を交わした時だ。……あなたは、俺を許さなかった」

一人称が『俺』に変わっていることに驚きつつも、詩雪は雲慶が言った後宮に入った時の会話について記憶を巡らす。

初めて寛国の後宮に入った時、確かに雲慶が挨拶に来てくれた。

許さなかったとは何なのかを考えると、とある会話を思い出した。

確か『今までの寛国の非道を許してほしい』と言われ、詩雪は許さないと返した気がする。

しかしそれで何故自分の素性がばれたのだ。

訝しげな詩雪に気づいたようで雲慶が改めて口を開いた。

「俺には王の力がある。寛国の王の力は、執着の糸を見る力だ。だが、俺にはその力はない。俺の力は、『許される力』だ」

「許される……?」

思わず目を丸くする。

「何を驚く。歴代の王の力と違う性質のものが芽生えることがあるのは、あなたも知っていることだろう」

「それは……」

その通りで言葉に詰まった。詩雪の力も、今まで言われていた王の力とは異質のものだ。雲慶が、『あなたも知っている』と言ったのは、詩雪の能力が普通とは違うものだと分かってのことだろうか。だとしたら、詩雪の力についてももう察しているのかもしれない。

「俺の力は俺が許せと言ったもの全てを許させることができる力だ。だが、あの時、あなたは俺を許さなかった。そんなことはあり得ない。少なくとも、今までなかった。あの時は恥ずかしながら、動揺したよ。それで改めて考えた。俺の力が通じなかったのは、あなたが俺よりも強い天帝の加護を持っているということではないかと」

「天帝の加護……」

天帝の加護とは仙力のことと以前に聞いた。

(仙力の強弱によって、王の力が効く、効かないがあるのか?)

詩雪は眉根を寄せて考える。

「それほどの天帝の加護を持つのならば、おそらく王族だろうとあたりをつけた。そして誠国の王族で女は、誠国にいるはずの女王しかいないだろう? まあ、女王自ら寛国に渡るなど、なかなか信じられない話ではあったが」

などと言って雲慶が笑う。

「だが、あなたと接するうちに徐々に確信した。普通の女は、俺が微笑めばだいたい頰を赤らめるからな」

予想外のことを言われて詩雪は、ハッと呆れたように笑う。

「ものすごい自信だな」

「自信ではなく事実だ」

ため息をつきたくなるのをグッと堪えた。

（それにしても、王の力について、やはり寛国の王は私よりも精通している。もしかしたら、凶獣のことも……）

詩雪はしばし考えてから、ごくんと唾を飲み込んで慎重に口を開ける。

「……原因の多くは私に雲慶殿の天帝の加護とやらが効かなかったことだろう。まさかそんなことで暴かれるとは思わなかった。雲慶殿は、詳しいのだな。王の力について」

「詳しくもなる。自分の力を自覚してすでに九年だ」

九年ということは、寛国の凶獣が解放された時と同じ時期だ。

もっと聞きたい。凶獣のこと、王の力について知っていることを全て。だが、聞きたいことを全て問いただせば、自分の能力についても暴かれる。

どうすればいいか。しばし詩雪は逡巡したのちに、最初に浮かんだ疑問を口にすることにした。

「私が誠国の女王と分かって、何故今まで見逃していた？」

「ああ、そのことか。単純なことだ。見逃していたつもりはない。せっかく誠国の王がいるのだ。ちゃんと試させてもらった」

「試すだと……？」

意外な返答に思わず詩雪は眉根を寄せる。

「そう、王に相応しい人物であるかをね。後宮にいる間、なかなか不便をしただろう？　無駄に気位が高いものは、少しでも不当な扱いを受けると不満が溜まる。溜まった不満はいつしか憤怒という悪徳に姿を変えて、その者の本性を誘発する。不当な出来事に、どのような対応をとるかで見させてもらった」

そう言われて、詩雪は考える。

「例えばあれか。呪い騒動にもなった死番虫の件か。やはり死番虫の入った米袋を置いたのは、紅孩だったのだな」

「その通り。よく分かったな」

「米袋を高いところに置いていたからな。紅孩の目線ではそこが入れやすかったのだろうが。後宮の中にいてあそこを入れやすいと思える体格の者は、紅孩ぐらいだ。それにその時期は、紅孩に見張りをお願いしていた。紅孩の見張りをかいくぐるのは困難。事実として、瓢箪を忍ばせようとしていた永明妃の宮女は諦めている。とすれば、永明妃できたのは紅孩自身か紅孩が逆らえない相手しかいない。まさかとは思うが、永明妃を焚きつけたのも雲慶殿か？」

「いや、あれは少し違う。少々後宮内で悪評は立たせたが、あそこまでするとは思わなかった」

とはいえ悪評を立てたのだろうと詩雪は胡乱な目を向けたが、雲慶は笑って流して口を開いた。

「他にも、南桃殿の食器類を割れやすく細工したり、なんでも問題を起こす紅孩を働かせたりと色々やってみたが、詩雪殿は最後まで本性を現さなかった。実にお見事」

そう言って雲慶が寒々しい笑顔を張り付けて拍手をする。明らかに上から目線な態度だ。

「それだと紅孩を南桃殿で働かせたのは嫌がらせみたいな言い方だな？」

「もちろんそうだ。奴は何も使い物にならなかっただろう？　いるだけで腹立たしい気分になる」

雲慶は心底忌々しそうにそうこぼした。

どうやら凶獣との仲はあまりよろしくないらしい。

その部分に、何とも言いようのない親しみを詩雪は感じつつも、口を開いた。

「どうしてわざわざそんな、王に相応しいかどうか試すようなまねをする？」

「この俺が、天帝に代わって、親切心で王に相応しい人物かどうかを判定してやっている」

思わず詩雪は目を丸くした。驚き絶句する詩雪をおいて、雲慶はさらに口を開く。

「俺は、常々思っているのだ。天帝は糞だと。天帝は、王に相応しくないものに加護を与えている。あなたも、そう思ったことがないか？」

そう言われて、詩雪は息をのんだ。

ある。詩雪もそう思うことがある。自分だ。誠実さを美徳とする誠国で、詩雪はあまりにも王に相応しくない。

だが次に雲慶の口からこぼれたのは予想外の者の名だった。

「例えば、詩雪殿の父、誠国の先々代の王。かつては愛していたはずの家族を見殺しにしようとした。最愛の妻の不貞を疑い、無実と分かった上で冷遇し、愚かにも呂芙容という悪徳にのまれて王道を失ったのだ」

「父上は……」

と、とっさに口に出したがかばう言葉は見つからず、何度か唇を動かしたのみ。それを認めて雲慶は話を続ける。

「例えば、先の節国の王、節《セツ》涼雅《リョウガ》。節国の美徳である『節制』を妄信するあまり、民にも苛烈な節制を強いた。いきすぎた緊縮への不満を一言でも漏らせば、『節制』にあだなす者として死刑に処し、節国の人口を大幅に減らした」

寛国の属国になる前の節国が、暴政で混乱を極めていたことは、詩雪も知っていた。節国が未だに寛国の属国におとなしく収まっているのは、民にとってはその方がましだからだ。

「例えば、詩雪殿の弟、忠賢。国が荒れ果てていてもそれを正す力も気概もなく、ふりまかれた悪徳に嘆くしかなかった無能な王」

忠賢の名が出て、思わず詩雪はカッと目を見開いた。

「ちがう！　忠賢は優しいのだ！　素直で誠実で……！　それに呂芙容は、忠賢の母親だった！　優しい忠賢は母親を蔑ろにできず……！」

「それは弱さだ。その弱さで民を苦しめた。王に相応しいものであるならば、その窮地を己の力で打破できたはずだ」

冷酷なまなざしでそう断言され、詩雪は唇を噛みしめる。それを見て、雲慶は鼻で笑う。

詩雪は、わなわなと震えそうな唇を必死に押さえて口を開いた。

「……つまり、寛国が、誠国と節国を攻めたのは、王に相応しくないものが玉座に座っているからと言いたいのか？」

「さすがは詩雪殿。察しがいい。その通りだ」

さも当たり前のようにそう言って笑う雲慶が腹立たしい。その腹立たしさを何とかこらえる。

「……では雲慶殿はどうなのだ。王に相応しいと？」

「無論、私も相応しくない。ちなみに、虎静兄上が王位にいるのも、相応しいからではない。空位のままでは何かと不便なので、兄上にお願いして座っていただいているだけだ」

「お願いか。ものは言いようだな。その兄上とやらはお前に怯えていたぞ。脅したのではないのか？」

「失礼だな。本当に脅したことはない。ただ……虎静兄上は、二清兄上が殺されたのを見ているのでね。もしかしたら、私に逆らえば殺されると勝手に勘違いはしたかもしれないいな」

雲慶の話を聞いて、詩雪は目を見開く。二清というのは、当時第二王子だった二清のことだろう。晶翠から聞いた話では虎静が二清を殺したことになっていたが……。

「第二王子だった二清殿のことか。お前が殺したのか？　兄弟を」

詩雪がそう言うと、ここに来て初めて雲慶の余裕の表情が消えた。

「俺ではない！」

激昂して叫ぶと共に両手を卓に叩きつけた。

肩を怒らせた雲慶を、詩雪は動じずに見つめる。

「では誰だ？」

「そこにいる紅孩だ！　こいつが勝手に殺した！　王になるべきだったのは、二清兄上だったのに！」

二清という名は、雲慶の逆鱗に触れたらしい。雲慶の顔は、余裕という名の仮面がはがれていた。


やはり、茶を用意していれば良かった。

誠国の女王である詩雪との会話の途中で、雲慶はそう後悔した。

二清兄上の話になり、思わず激昂して大声をあげたからか、ひどく喉が渇く。

水分の代わりに唾で喉を潤そうと飲み込むも、渇きは癒えない。

前を向くと、詩雪のまっすぐに過ぎる眼差しがこの身を刺す。猛禽《もうきん》のような瞳を持つこの女王が口を開けた。

「なるほど。二清殿が王に相応しいと思っていたのに、憤怒の凶獣は雲慶殿を選んだのだな？　全てを話せ」

そんなことをどうして教えなくてはならない、そう思っていたはずなのに、口が勝手に開いた。

「そうだ。あの時、二清兄上が、今の寛国をよりよくするために凶獣を解放しようとおっしゃった。あのまま行けば長子の虎静兄上が王位に就く。二清兄上が王になるためには、凶獣に選ばれる必要があった。私は二清兄上なら御せると思って、ともに行った。だが、この凶獣は解放されるや否や、よりにもよってこの俺を王と認めた！」

自身の意志に反して放たれた言葉は、話すうちに熱を持った。

思い出したくない。だが勝手に口が開く。

「俺の、俺のせいだ。俺のせいで二清兄上は死んだ！　俺がいなくなれば、凶獣の主が兄上になるかもしれないとそう思って、兄上のためなら死んでもいいと、死ぬことを許してほしいとそう言ってしまったから……兄上は俺を殺そうとした。だが俺に危害を加えようとした兄を、紅孩が逆に殺してしまった。その時は知らなかったのだ！『許して』と言えば、どんな物事も強制的に許される力を持っていたと、知らなかったのだ……！　兄上は、俺が死ぬのを許してほしいなどと言ったから、俺を殺そうとして、それで殺されたのだ！」

ここまで吐き出して、雲慶はハアハアと息継ぎをした。

このことを人に話すのは初めてだった。虎静はあの時、二清と雲慶の後を密かにつけてきたようで、それで見られてしまった。それ以外に、あの時の悲劇を知る者はいない。

（……喉が渇いている。何か飲みたい）

雲慶がそう思っていると、カン！　と甲高い音とともに卓の上に茶の入った碗が置かれた。その碗を置いたのは、大きく武骨な手。顔をあげると紅孩がいた。

「我が王よ！　茶だ！」

紅孩が茶を淹れたらしい。

（落ち着けとでも言いたいのか？）

紅孩の顔を見れば、何故か自慢げな顔をしている。それが無性に腹が立つ。

もとはと言えば、こいつのせいだ。紅孩を見るたびに雲慶はそう思う。こいつのせいで、兄は死に、天帝への怒りが収まらなくなった。

いらんと言って、茶碗ごと撥《は》ね返してやろうかと手をあげたが、ぐっと拳を握る。

今はひどく喉が渇いている。

「紅孩、お前、茶の淹れ方を知っているのか？」

そう言って、茶をのぞき込む。明らかに色が出すぎていた。煮だしすぎだ。

「詩雪殿に教えてもらった！」

どうやら南桃殿にいる間に、茶の淹れ方を学んだらしい。

（これに茶の淹れ方を教えるなど、誠国の王はやはり変わり者だな）

そう思って、顔をあげると詩雪は苦笑いを浮かべた。

「紅孩殿の茶はそう悪くはない。……薬だと思えば、むしろ飲みやすい方だと思う」

それはほとんどまずいということではないだろうか。雲慶は呆れかけたが、喉の渇きには逆らえない。一口飲んだ。とたんにひどい渋みが口全体に広がる。

「やはりまずい」

そう言いながらも、喉を潤すために茶を飲み干した。

この目が覚めるような渋みと苦みで、雲慶は少しだけ落ち着いてきた。

(もう少しだけ、最後に誠国の女王と話をしてみたいと思ってこの場を設けたが、失策だったな。無様をさらした)

二清の話になって過剰に反応しすぎた己を省み、自嘲する笑みを浮かべてから、雲慶は口を開く。

「さすがに理解した。あなたの能力は、真実を話させる力か」

「その通りだ」

詩雪は臆することなく肯定した。隠すことを途中であきらめたのだろう。

「厄介な力だな。……紅孩、誠国王に枷を」

と命を下すと、「承知!」と紅孩が答える。すばやく詩雪の真後ろに回って、首に手を掛けようとした時、

「やめておけ。私に触れると嫉妬深い私の下僕が来るぞ」

と、雲慶をまっすぐ見ながら詩雪が言った。

詩雪の目の前に回された紅孩の手がぴたりと止まる。

下僕というのは、欺瞞の凶獣窮奇のことだろう。凶獣は主の影に潜み、呼ばれれば参じることができる。だが、それにはわずかばかりの時差がある。

紅孩に視線だけで、やれと促す。紅孩はニカッと笑う。

「欺瞞の奴が来る前にこうすれば問題ない」

紅孩がそう言うと、ガシャンという音とともに詩雪の首に枷を掛けた。

黒水晶と銀で特別に作らせた枷だ。

「これは、なんだ？」

詩雪は首につけられた物に触れた後、怪訝な顔をする。

先ほどまで、彼女に問いかけられると自然と口が開いたが、今はその感覚がない。

雲慶は笑いを噛み殺しながら、自分の意志で口を開いた。

「なんだと思う？　当ててみてくれ」

「良いから、早く……」

と、詩雪が急かそうとしたところで気づいたらしい。

詩雪が質問をしたのに、雲慶はその質問に答えていないということに。

「まさか……仙力を、封じられたのか!?」

愕然とした顔でそう口にする。さすがに雲慶も頬が緩まるのを止められない。

「大正解だ。ちなみに、主である王に枷を嵌めたら、仕える凶獣の力も制限される。影を伝って移動する隠遁術ができないのはもちろん。獣から人に、人から獣に姿を変える転変もできない。つまりは無力だ。おそらく現在、窮奇が女王の振りをしているのだろうが、その術も解けているかもしれないいな」

突然、術が解けて誠国は大混乱になっているかもしれない。そう思うとおかしくてたまらなかった。

「こんなもの、どこに……」

「そこまで驚くほどではないとは思うが。欺瞞の凶獣ももとは誠国で封じられていただろう？　つまりは力を封じる何かはあるということだ」

凶獣を解放して九年。凶獣のことについては色々と調べ上げた。その時に得たのが、仙力を封じる枷だ。凶獣を封じることはもちろん、王の力をも封じられる。

最近、凶獣を解放した詩雪はその存在すら知らずにいたようで、愕然とした顔で雲慶を見ながら、微かに震えていた。

「お可哀想に、あまりの恐怖で震えたか。そうだろう。あなたが強気でいられたのは、いつでも凶獣を呼び出せるという安心感があったからだ。それがもう叶わなくなったのだからな」

雲慶の言葉で詩雪はハッと顔をあげる。

「これから、私はどうなる？」

「しばらく捕らわれてもらう」

雲慶がそう答えると、詩雪は眉根を寄せた。

「なんのために。天帝に選ばれた王が憎いのだろう？　殺さないのか？」

突拍子もない質問に、雲慶は笑いそうになってどうにか堪えた。

「まさか。殺すわけがない。何か勘違いをしているようだが、私は非道ではない。あなたが王に相応しいと分かれば解放する。まあ、すでにあなたが抱える悪徳については、見当がついているが」

以前、文頼からの手紙で気がかりなことがあった。それについて、よく調べさせている。誠国女王の悪徳が表に出る日も近い。

「……私の悪徳だと？」

「そうだ。王弟夫人、沈壁殿に、隠れて薬のようなものを渡しているな？」

心当たりがあったのだろう。詩雪は目を見開いて雲慶を見る。

「何故、それを……」

気まずそうに眉をひそめる詩雪を見て、雲慶は高笑いしそうになった。やはり図星なのだ。詩雪の中にも悪徳が隠されている。

「文頼とともに諜報員も送っている。彼らが誠国の裏の裏まで悪を見つけてくれる」

「そうか。弟を誠国にやったのも、全ては私が王に相応しいかどうか試すため、か……。では、私が王に相応しいと雲慶殿が確信すれば、私は解放されるのか？」

「もちろんだとも。王に相応しいと思えば、俺の寛容さでもってあなたが誠国の王であることを許そう」

雲慶はそう言って、微笑んだ。

（寛国にいる間、詩雪はなかなか本性を現さなかったが、それで王に相応しいかどうかを決めるつもりはもともとない。王の悪行は、国を見て初めて分かる。この、穢れを知らなそうな女にも、悪徳が必ず隠されているはずだ。むしろこのように隠すのが上手いものほど、おぞましい悪徳を抱えている。……善国の王のように）

そう思って、まだ見ぬ未来に女王が本性を現す様を想像し悦に入っていると、鋭い視線が刺さる。

目の前の詩雪からだった。その瞳が、怒りに燃えている。それがおかしくて、雲慶は口を開いた。

「おや？　怒っているのか？　何故だ？　王に相応しければ何も問題ない。あなたが引き続き王位につくことを許すと言っている。寛容だと思わないか？」

腹の奥から湧き上がる愉悦を堪えながらそう言うと、詩雪の目が細められた。

「遥かなる高みから人を見下ろし許すなどと言って悦に入ることを、私は寛容ではなく傲慢と呼んでいる」

詩雪の言葉に、一瞬、頭が真っ白になるのを雲慶は感じた。

(傲慢。よりにもよって、傲慢！　違う、違う……！)

身体中から汗が噴き出すのを感じた。大して動いてもいないのに鼓動が速い。

動揺している。それが痛いほどに分かる。だが、認めたくない。

「黙れ！　傲慢なのは天帝の方だ！　……紅孩！　この女を地下牢に連れていけ！」

「……もういいのか？　話してみたかったのだろう？」

珍しく紅孩が意見のようなものを口にした。思わず紅孩を睨み据える。

「なんだ？　この女に鞍替えでもするのか？　お前の王は俺のはずだ！」

「もちろん、我が王は雲慶だけだ」

その言葉がまた忌々しかった。凶獣が、二清を選んでさえくれたならばどれほど良かったか。

紅孩を見ていると、余計に苛立ちそうで目を伏せて口を開いた。

「もういい！　さっさとこの女を地下牢に！　誠国の凶獣は封じたも同然。誠国の王の不正を暴き、誠国を改めて属国に落とした後は、善国への侵攻もある！　悠長にしている時間はない」

言うつもりのなかった言葉を吐き出すと、詩雪の目が見開いた。

「なんだと？　善国にも侵攻するのか？　確か、距離的に凶獣の力が及ばないのだろう？」

驚いたような詩雪の声。

知らせるつもりはなかったが、詩雪の虚を突かれたような顔を見て少しだけ溜飲が下がった。

「凶獣の力が及ばないわけではない。ただ単に、善国の悪徳を今まで見抜けなかっただけだ。だが、善国に派遣した弟が、善国の王の悪徳を見つけた。だから、善国も落とす。善国は強敵だが、属国にした誠国、節国の両方から攻め立てれば確実に落とせる」

「善国の王の悪徳……？」

詩雪はまだ何か聞きたそうにしていたが、雲慶はもう一言も話したくない。

「紅孩、連れていけ」

再度、雲慶は凶獣に命令を下して、詩雪を遠ざけた。

雲慶は一人残されて、卓に伏せる。ひどく疲れていた。

第五章

詩雪は窓の一つもない納戸のような部屋に放り込まれた。

飾り気のない小さな円卓と椅子。簡易的な寝台と掛布団。

申し訳程度に敷かれた床の敷物は薄く、詩雪が部屋に押し込められた際に強かに打った尻が痛い。

床に座り込みながら、寝台に顔を埋めて詩雪は肩を震わせた。

傍から見たら、粗末な場所に放り込まれた悲しみで震えて泣いているように見えたかもしれない。だが、この震えは、悲しみから生まれたものでも、恐怖でもない。歓喜だ。

にやつきそうな顔を見せまいと、必死で寝台に顔を押し付けることで隠している。油断をすれば歯の隙間から、笑い声が漏れてしまいそうだった。

(そうか、やはり……やはりあったのだ!)

詩雪は、首に嵌められた金属の枷に触れた。何でできているのかは分からないが、普通の鉄の鎖と大差のない感触。ちょうど首の後ろに、鍵穴のようなものがあった。鍵を用いて開け閉めできる仕組みらしい。

詩雪はずっと、これを探していた。この仙力や凶獣を封じることができるものを。

これを見つけるために寛国に来たと言っても過言ではない。

詩雪はずっと未来の憂いを晴らすものを探していた。晶翠を愛してしまった時に、国を滅ぼさずにいられるものを。もし晶翠に落とされそうになった時は、これを用いて晶翠をまた封じられる。

詩雪とて、凶獣を封じることができる何かが存在することは分かっていた。実際に、凶獣窮奇を呂芙容が解放するまでは地下で封じられていたのだから。だが、呂芙容を追い出し、詩雪が凶獣を封じていた場所を確かめた時には、全てが片付けられていた。そこにあった凶獣を封じていたはずの何もかもが、綺麗さっぱりなくなっていたのだ。

だから、凶獣を封じる何かを手に入れるためには、他国に行くしかない。そう思っていた時に、寛国からうってつけの提案が来て……詩雪は飛び乗ったのだ。

(これさえあれば、私にもしもの時があっても、晶翠を、凶獣窮奇を封じることができる……!)

詩雪はそう考えて、輝くような銀髪に中性的な笑みを浮かべる晶翠を思い出した。

整った彼の唇からこぼれる優しいだけの言葉は、毒だ。いつかその毒は詩雪を侵す。

ジャラ、ジャラ。

いくつもの金属を軽く打ち付けるような音が聞こえて、詩雪は顔をあげる。

格子扉の隙間から、人がやってくるのが見えた。

一人で浸る時間はどうやらもう終わりのようだ。そう悟って詩雪は立ち上がった。

雲慶は、外にある屋敷とは別に王宮の外廷にも自身の私室を持っている。場所は後宮である内廷と官吏達が仕事をする外廷のちょうど境にある背の高い建物の一番上の部屋だ。

この部屋の良いところは、内廷にも外廷にも目を光らせることができることである。雲慶は文机に座りながらそっと側の小窓を開けた。窓の先は内廷だ。王の妃達が住まう後宮。

視線を下に向けると、内廷の屋敷の中で最も広くて豪奢な建物である南桃殿がある。誠国女王、詩雪に与えた殿だが、今彼女は地下牢に閉じ込められているためここにはいない。

雲慶が詩雪の力を封じて捕らえてから、十日が経過していた。

突然主を失った南桃殿には、どこかむなしい静けさだけが漂っている。

雲慶は鼻白んだ顔で、しばらく主不在の南桃殿を眺めてから今度は手元にある書面へと視線を落とした。

これは、誠国に遣わした弟、文頼からの手紙だ。

誠国の女王の人となりを調べるべく、弟の文頼をやった。

文頼は他人を羨むばかりで努力をせず、何事にも大成しないつまらない男ではあるのだが、顔だけはいい。

まだ年若い女王を相手にするには適切だろうと思って遣わしたわけだが、日々送られてくる手紙は、女王の美しさを花に例えてみたり、やれ『女王が最近会ってくれなくて辛い』などと愚痴をこぼしてみたり、『女王の憂いを全て晴らして差し上げるにはどうすれば良いでしょうか』などという恋愛相談のようなものばかり。

女王を誑かしに行った弟は、女王に見事に誑かされているようだった。

だが弟が誑かされている理由についても大体の見当がついているのであまり責められない。

「やはり誠国にいる女王は、欺瞞の凶獣窮奇か」

そう考えれば、弟が誑かされるのも当然と頷ける。

欺瞞の凶獣には、人の心を惑わす力があると言う。その力で弟は誑かされたのだろう。

雲慶も一度痛い目にあった。

属国に降した誠国を抑え続けるために、誠国に残していた寛国兵達が覚束ない足取りで寛国へと戻ってきたのだ。戻ってきた兵士の話によると、王が帰還を命じられたからだと言う。もちろん、寛国側はそのような命令は出していない。

誠国に置いていた兵士達は、全て凶獣檮杌の力で理性を失っている。最初に命じた『呂芙蓉に従う』ということだけに固執し、基本的には自身で考えて行動することのできない憤怒の兵士だ。

その状態の兵士を言葉一つで追い返したということは、凶獣檮杌がかけた術を同等の力で消し去ったか上書きしたということ。それができるのは、凶獣檮杌と並ぶ凶獣、人心を惑わす力を持つと言われる欺瞞の窮奇以外にいない。

（とはいえ、力を封じた今は怖い存在ではない）

今読んでいる文頼からの手紙に、何故か突然誠国女王が寝所に籠って会えないと嘆く内容が書かれていた。詩雪に封じの枷を嵌めて力を封じたため、変化の術が解けたのだろう。それで、寝台に籠るしかなくなった。

手紙自体は今日届いたが、状況としては、おそらく詩雪を捕らえてから二日ほどの時期のはずだ。

文頼があまりにも女王に扮する凶獣に入れ込んでいるのを懸念し、数日前に『今の誠国の女王は凶獣が化けた姿かもしれない』という手紙を送ったが、それにはまだ目を通していないのだろう。

（どちらにしろ、すぐに化けの皮は剝がれる。しかし、凶獣に自分の身代わりをさせてまで、何故誠国の女王は寛国に来たがったのか……）

恋文のような弟からの書状を流し読みしながら、指を机にトントンと叩きつけて考えを巡らす。

歴史上あまり例はないが、婚姻以外で他国に王族がその身を移すのは亡命のためぐらいだ。

身内での諍いで命が危ぶまれた時に、他国へと逃亡する例がたまにある。

だが詩雪を女王としていただいている誠国は、一年前に属国から解放されたとは思えないほどに安定している。

呂芙蓉に虐げられていた時代を知る官吏達の多くは女王を崇拝しているし、王位から降ろされ反感を抱いてもおかしくない弟の忠賢ですら女王に心酔しており、今のところこれといった反対勢力もないと聞く。政については忠賢に助けてもらいながらであるが、女王の地位は盤石だ。命が危ぶまれる状態は皆無のはず。

むしろ少し前まで敵国だったと言っていい寛国にとどまる方が身の危険は多い。

それに身分を落として寛国王の妃にされること自体、王族である女王にとって屈辱的なことではないだろうか。それに甘んじてまで寛国に来た意味は……。

(やはり真意が見えない。寛国の内情や凶獣について知りたがっているようにも見えるが、そのためだけに自身を敵国に置くなど正気の沙汰ではない。それこそ、誰か人をよこして報告してもらえばいいだけだ。まさか他の者を行かせるのは忍びないなど

と思ったのだろうか。いや、それこそ馬鹿げている）

とはいえ、問題の詩雪は今や雲慶の手の中だ。いずれ暴かれる、そのはずだ。

いまだに、誠国に派遣した文頼や彼とともに行かせた諜報員から誠国の王の不徳を見つけたという報告は寄こされない。王弟夫人に渡している薬についても調べが進んでいない。

『遥かなる高みから人を見下ろし許すなどと言って悦に入ることを、私は寛容ではなく傲慢と呼んでいる』

ふと、雲慶の胸に詩雪に言われた言葉がよぎり、思わず卓に拳を打ち付けた。ドンという大きな音が、静寂に響き渡る。

「傲慢なのは、天帝だ！」

拳を握りしめて、誰もいない部屋で独り言ちた。

その声がどこか虚しく響いて、悔しげに唇を噛む。

十日も前に言われたことが、今でも頭から離れない。

本当は分かっている。詩雪のこの言葉で動揺したのは、真実を突かれた気がしたからだ。

全ての罪は、雲慶の傲慢さ故だと。

思い出したくもないのに、二清の最期が何度も悪夢となって脳裏によぎっていく。

『お約束を守れず、死ぬることをお許しください』

敬愛する二清にそう言った幼かった雲慶には、傲慢と呼ぶに相応しい甘えがあった。雲慶はもともと甘やかされて育てられた。謝ればすぐに許してもらえるので、誰かに叱られた記憶すらない。この謝れば許してもらえるというのが、王の力故だと気づいておらず、雲慶はただただ周りの人達から愛されているから可愛がられているのだと、純粋にそう思っていた。

二清もそうだ。愛されていると思っていた。だから特別に目をかけてくれていると思っていた。『兄上のためなら死ねます』と言ったのは、そうは言っても雲慶を可愛がってくれる二清ならば、雲慶を殺すわけがないと、そう思っていたからだ。

なんと驕り高ぶった精神だろう。傲慢と言わずなんという。

雲慶の甘えが、傲慢さが、二清を殺した。

その事実から逃げてきたというのに、誠国の女王が事実を突き付ける。今にも自分の心臓を突かんばかりのその刃に、雲慶はもう見て見ぬふりはできなくなっていた。

「それでも……この愚かで傲慢なだけの俺に、王位を授けたのは天帝だ」

一人執務室でそうこぼした時だった。慌てた様子で付き人の小姓一人が入ってきた。

「何事ですか？」

慌てている様子なので少し窘めるようにそう言うと、小姓が青白い顔をして報告した。その内容に、思わず雲慶はガタリと音を立てて立ち上がったのだった。

小姓から聞かされた内容は、弟、文頼の突然の帰還だった。突然の帰還の理由は、詩雪女王があまりにも無慈悲なことを行っているとしってたまらず逃げてきたからだと言う。

雲慶が急いで文頼が待つ謁見の間へと向かい、弟の姿を見て目を丸くした。

「おお、文頼！　そのようなやつれた姿でどうしたのです？」

大仰にそう声をかけて、文頼の肩を抱く。弟を心から心配する兄のような顔も忘れない。玉座を前に膝をついていた文頼の顔は酷く青ざめて、頬もこけていた。

見れば、文頼に付き従ってこちらに戻ってきたであろう兵士がいた。兜で顔が見えないが、着用している鎧がひどくくたびれている。おそらくほぼ寝ずの状態で、寛国に戻ってきたのだろう。

「雲慶兄上、申し訳ありません。突然、勝手に……戻ってきてしまい……」

「気にしなくとも良いのです。文頼が無事でいてくれたことが一番なのですから。陛下も、そうお考えのことでしょう」

そう言って、雲慶は、玉座に座る兄、虎静に視線を送る。常に玉座の近くに、凶獣を侍らせているが今回は外してもらった。文頼は「執着の糸」が見える。万が一、雲慶と凶獣との間の執着の糸を見られると面倒だからだ。

虎静は、雲慶の言葉に少しばかり動揺を見せたが、「ああ」と抑揚のない返事をした。雲慶に逆らえば、殺される。二清が凶獣に殺されるところを見ていた臆病な兄、虎静はそう思い込んでおり、雲慶の指示通り王のふりをしてくれる。

雲慶は再び視線を文頼に移すと、優しく尋ねた。

「それで、一体、何があったのですか？」

「誠国の女王、詩雪様は、悋気《りんき》を起こして、宮中の女性を毒で皆殺しにしようとなさっています」

「悋気で、皆殺し？」

想像以上に衝撃的な答えが返ってきて、思わず雲慶は目を丸くした。

「はい。女王は王弟夫人の沈壁殿に薬を渡していると、以前、文に書いたことを覚えておりますでしょうか」

「ええ、覚えておりますとも。女王は、文頼が誠国に来る前から、王弟夫人に薬を渡していたのですよね？」

文頼が誠国に来る前から、とわざわざ確認するのには大きな意味がある。それはつまり、本物の王が誠国にいた間も、行っていたことと分かるからだ。

「はい、その通りです。あの後調べて分かったのですが、渡している薬は、毒薬でした！　芫青という猛毒の虫をもとにした毒薬です！」

「芫青……」

聞いたことがある。小さいが、毒性が強く、虫の体液に少しでも触れるだけで肌がただれると聞く。

だが、それならばそれで気になることがある。

「しかし、芫青は猛毒です。それをずっと飲み続けて無事というのは……」

続けて飲んでいるはずの沈壁が無事なのは、逆におかしい。

「おそらく少量ずつ試しているのです。後宮の薬殿では、芫青の生薬だけが異様なほど大量にありました。どこから仕入れているのか不明で、まるで今後大量に使うことを暗示するかのように、たくさん……！　どれぐらいで症状が出るか、きっと今後のために、王弟夫人を使って調べていて、いつか毒薬の量が潤沢となった際に宮中にいる女性全員に使うつもりなのです！」

「女性、全員に……？　何故、そのような……」

「悋気です。誠国女王は、欺瞞の凶獣窮奇を愛しています！　窮奇の愛を独占するために、窮奇の周辺にいる者達全てを憎み、嫉妬し、排除しようとしているのです！私は怖くなり、このように逃げ出しました……」

荒唐無稽ともいえる文頼の言葉だった。玉座にいる虎静が訝しげな顔をしている。

だが、雲慶は腑に落ちた。

（そうか、詩雪女王が寛国に来たのは、凶獣を縛る方法を知るためか。凶獣窮奇を独占したいがゆえに、他の者に凶獣を封じる方法を知られてしまうことを恐れ、一人で来た。それに、芫青の毒を盛られ続けている王弟夫人が生きていることも説明できる。詩雪女王は寛国に行ったため、芫青の毒を徐々に増やしていくことができなくなっているのだ。そのため停滞している）

雲慶は笑みを堪えるのに必死になった。

（やはりあったのだ。あの女王にも、悪徳が！　穢れを知らぬ顔をして！　誰にも言えないような醜く恐ろしい不義があるのだ！）

大声で快哉を叫びたい気分だった。やはり自分は間違えていなかった。

天帝が加護を与えた者の多くは、クズで最低で、王位とは程遠い者しかいないのだと、そう証明された。

自分だけが正しいような顔をして、当然のように雲慶の傲慢を責めた詩雪にも、後ろ暗いところがあったのだ。

「文頼、良くここまで無事に戻って、そのような大事を報告してくれましたね。あなた方も、よくぞ弟をここまで送り届けてくださいました。感謝します」

雲慶は文頼と彼の後ろに控えていた兵士を見て労いの言葉をかけた。

そして、恭しい態度で玉座を仰ぐ。

「兄上、誠国に、再び攻め入るべきかもしれません」

そう言われて、虎静は動揺で目を見開いた。その目が、誠国には凶獣がいるのに、と言いたげに揺れている。

だが、もう雲慶の中では攻め入ることが確定していた。誠国の凶獣はすでに封じている。そして虎静は雲慶に逆らえない。

すると今度はためらうような声が、下から聞こえてきた。

「ですが、雲慶兄上は、本来、凶獣を封じる同志ともいえる他国を安易に侵略することには、反対だったはずでは……？」

文頼の声だ。今まで保守派と思われた雲慶の強硬な姿勢に驚いてもいるようだった。

彼の驚愕を笑顔で包み込む。

「もちろん、反対でした。ですが、今日、こうして、誠国の悪徳が明らかになった今、侵攻をためらうことこそが罪深いように思えるのです。現に、すでに属国に降した節国は、寛国の属国になったことで多くの民が救われています」

「節国と、誠国ではまた違う話のような気がします。誠国の女王だけをお諫めすれば解決する話ではないでしょうか。戦をすれば、それこそ誠国の民を巻き込むことになります」

珍しく聞き分けの良くない文頼に、雲慶は思わず歯ぎしりしたくなった。

いつもの雲慶を崇拝している文頼なら二つ返事で頷いていたはずなのに。だがここで声を荒らげるわけにはいかない。雲慶は寛容であらねばならない。表向きは。

「文頼、あなたが誠国の女王の悪をその目で見たのではないですか？」

雲慶は諭すが、文頼は眉根を寄せて納得いかないと言いたげな視線をよこした。

「しかし、誠国の女王は、まだ罪を犯していません。芫青という毒を作っていたとしても、まだ使っていないのです。まだ犯してもいない罪を見つけて、罰をお与えになるというのでしょうか。なんだか話を聞いていると、兄上はただただ誠国を攻める口実を得たいだけにしか聞こえません」

雲慶は、思わず言葉を失った。可愛がっていた犬に噛まれたような気分で立ち尽くし、その場が静まり返る。

突然の文頼の帰還ということで、他の官吏達を集めての謁見は面倒に思って遠ざけていた。そのため、ここには、虎静と、文頼、その文頼の供である兵士と、雲慶しかいない。誰も話さない時間があると、一瞬にして静かになる。

その静けさを文頼が破った。

「……兄上の目的は、誠国を攻め落とすことなのですね。だから、私の愛する誠国の女王陛下が、凶獣の化け姿だと、嘯いたのですね!?」

文頼が、悲しそうに顔を歪ませそう言った。

一瞬、何のことを言っているのか分からず、目を見開く。すると今度は玉座から声がかかった。

「さ、先ほどから気になっていたのだが……」

と、もごもごと何かを言ったのは虎静だ。

雲慶が虎静を仰ぐと、目が合ったことに恐怖を感じたらしい虎静がひゅっと息を吐いて、話をやめる。

その様に苛立ちを覚えながら、「どうかしましたか?」と尋ねると、虎静は恐る恐るという具合に口を開いた。

「今まで文頼が雲慶にずっと向けていた執着の糸が、ない……」

虎静がこぼしたその言葉の意味を、雲慶はとっさに理解できなかった。

執着の糸は、強い感情を伴う執着を抱いた時に、糸が伸びる。雲慶は見る力がないので見たことはないが、文頼が雲慶に対して何らかの強い感情を抱いていたことは知っていた。そしてそれが、尊敬や崇拝、依存であることも。

(その執着が、今はない、ということか……?)

そう考えて、やっと雲慶が気づきそうになった時、また虎静が口を開いた。

「そして、文頼の執着の糸は、何故か後ろの兵士に伸びている」

を見た。

虎静のこぼした呟きに、雲慶は今までほとんど気にも留めていなかった後ろの兵士を見た。

兜をかぶり、顔を下に向けているため、顔が良く見えない。しかし、兵士にしては華奢だ。そのことに気づいて。雲慶は声を荒らげた。

「お前、何者だ！」

「ばれたか」

兵士から聞こえたのは、少々中性的ではあるが、女性の声。聞き覚えのありすぎる凜としたその音を、雲慶が忘れるわけがない。

衝撃で目を見開いていると、兵士は立ち上がって兜をとった。

ぱさりと軽やかな音をさせながら、夜空で紡いだ絹糸のような髪が舞う。こちらを振り仰ぐ顔は、かつて憧れ尊敬していた二清のような自信と才気に満ちていた。

いつ見ても、思わず一歩後ずさりしてしまいそうなほどにまっすぐ相手を見つめる瞳が、雲慶を射抜く。

「詩雪女王……！　何故ここに……!?」

本来なら地下牢にいるはずの詩雪が何故。雲慶は、唸るように叫んだ。

「女王陛下は、私と兄上のことを心配して、無理を押してここまで来てくれたのです！」

そう答えたのは文頼だった。

雲慶は驚愕に顔を歪めながら、硬い動きで弟を見る。

「心配……？」

「そうです！　兄上は以前私の愛する詩雪女王が、凶獣の化けた姿だと書いた手紙を送ったことを覚えていますか？」

もちろん覚えている。その後どのようになったか知りたくてたまらなかった。

「私は、兄上の手紙を読んで、いてもたってもいられず……部屋に籠った女王陛下の寝所に忍び込んだのです！　兄上の話では、凶獣は変化の術が使えないので、そこにいるのは別人だと、そう仰せでしたが……寝台で寝ていたのは、確かに詩雪女王陛下でした！」

文頼の話に、雲慶は思わず目を見開く。

「馬鹿な！　そんなはずはない！」

「兄上、いい加減に目をお覚ましください！　何故です？　何故兄上はそれほどまでに誠国が欲しいのですか？　いつも、虎静兄上をお諫めしていたのは、本心ではなかったのですか⁉」

弟の責め立てる声に、雲慶は言葉を失くした。

正直、理解が追い付いていない。

寝所に籠っていたのは、間違いなく凶獣のはずなのだ。

混乱する雲慶を置いて、文頼はなおも話を続ける。

「熱で寝込んでいた詩雪女王陛下の寝所に忍び込むという狼藉を、女王は快く許してくださいました。その上、このようなでたらめを私に吹聴する雲慶兄上のことを心配されて……それで、その真意を知るためにここまでついてきてくださったのですよ!?」

文頼のその言葉で、驚愕の表情を張り付けたまま詩雪へと視線を移す。

兵士に扮していた詩雪は、誠国から寛国までの長い道のりを渡ってきたとは思えないほどに美しかった。どこか、妖しいほどに。

その詩雪は、雲慶と目が合うとにこりと妖艶に微笑む。

「雲慶殿、先ほど、芫青の毒の話があったが、あれらも全て嘘だ。だますような真似をして済まない。だが、雲慶様の真意を探るための無礼なのだ。どうかお許しいただきたい」

少しも申し訳なさそうではない笑み。腹の底からカッと熱くなる。

(やはりこいつは、凶獣のはずだ！　いや、だが、何故、女王の姿に化けたままそこに立っていられる!?　力は封じたはずだ！　誠国の女王に封じの枷を掛けたのだから！)

そこまで考えて、ハッと雲慶は気づいた。

「まさか、地下から逃げたのか⁉　それとも、偽物を捕らえていたというのか⁉」

雲慶はそう叫ぶや否や、その場を駆け出す。

「雲慶兄上⁉　どこに……⁉」

慌てる弟の声を背に聞きながら、地下にある詩雪を閉じ込めたはずのあの場所へと向かうのだった。


牢での生活は詩雪にとって実に快適だった。

部屋もそこそこに広く、蠟燭もたくさん常備され、暇つぶし用らしい書物まで用意されている。毎日三食も温かい食事が届く上に、清潔な衣を用意してくれた。

身体をふく湯も、欲しいと言えばその都度持ってきてくれる。排泄についても、水を入れて押しやれば配管を通って溜池に流れていく類のもので清潔だ。

窓がないため日の光が見られないことは少々辛いが、呂芙容に虐げられて育った幼少時を思えば、快適にすぎる。

今思えば、このようにゆっくりと過ごす時間は今まで取れなかった。幼い頃は母の世話、母が没した後は呂芙容から逃れるのに必死で、後宮から逃げた後は晶翠と生活するのでいっぱいいっぱい。そして後宮に戻った後も、呂芙容を打倒して実権を取り戻して、政を覚えて……ずっと必死だった。休まる時などないくらいに。

（たまには、こういう日々もいい……）

そう思って、寝台に寝ころび惰眠を貪ろうとした時だった。

慌ただしく人が駆けてくる足音がする。寛国の人間で、詩雪がいる場所に来られるのは、ここに閉じ込めた張本人である雲慶だけ。三度の食事も、湯を運んでくるのも、彼だけだ。

だが先ほど食事が運ばれてきたばかりなので、今回の来訪はいつもとは違う何かであることは明らか。

どうやら詩雪の休憩時間は終わったらしい。そう悟って身体を起こすと、格子状の扉の向こうに人が見えた。

「詩雪女王！　やはりまだ、ここに!?　では、あの女は……！」

焦った顔の雲慶が、格子扉越しに詩雪に向かって叫んでいる。

「これはこれは、雲慶殿。慌てた様子でどうされた？　昼餉なら先ほど頂いたばかりだが」

寝台に座り、余裕の笑みを浮かべる詩雪を雲慶が忌々しそうに睨み上げた。

「どういうことだ!?　何故、凶獣窮奇が自由に動いている！　確かに力を封じたはずだ！」

ガシャンと音を鳴らして格子扉を摑んで吠える雲慶には、今までの余裕が微塵も感じられない。

血走った目で、詩雪の首に巻かれた枷を見ている。

詩雪はその枷を右手で撫でて口を開く。

「ああ、これのことか。申し訳ない。雲慶殿から頂いた封じの枷は今誠国に保管している。今付けているのはただの鉄の枷だ。急ぎ作らせた。ここに捕らわれてから三日ぐらいでできたかな」

「な、何を言っている……!?　そんなことができるわけがない！　力を封じられて、ここに閉じ込められて、どうやってできる!?」

「欺瞞の凶獣窮奇に、封じの枷の鍵を盗ってきてもらっただけだが」

そう言って、詩雪は懐から鍵を二つぶら下げた。

一つは仙力封じの枷の鍵だ。

「な、何故、それが……！」

雲慶の目がさらに見開かれて絶句する。

「大事なものはきちんと自分で肌身離さず守るべきだったな。そうでなければどこかの詐欺師に盗られてしまう。そう思うだろう？　晶翠」

詩雪がその名を呼ぶと、詩雪の影からすっと跪く格好の人影が現れた。

「ええ、まったく、その通りです」

そう言って怪しく笑う女の声が響く。いまだ詩雪の姿に変化したままだが、晶翠だ。

「凶獣!?　女王の姿のまま、やはり先ほど文頼とともにいたのは凶獣なのか!?　いや待て、枷の鍵をこの凶獣が盗っただと!?　あり得ない！　力を封じたはずで、影を伝って移動することもできない凶獣が盗めるわけがないのだ！　誠国にいるのだから！」

混乱した様子の雲慶は、牢から後ずさりながらそう言い募る。現実を受け止められないのか、首を左右に振っていた。

「簡単なことだ。私は、寛国王と会う前にすでに晶翠を後宮によんでいた。私が捕らわれた後、確かに窮奇も力を封じられたが、彼にとって鍵を盗ることぐらいは容易いらしい。閉じ込められてすぐに、これを持ってきた。ちなみに一つはここの牢の鍵だ」

ジャラ、ジャラ。

音を鳴らして詩雪は鍵を晶翠に渡すと、彼はすっと立ち上がって格子状の扉の方へと進み錠に手をかける。

鍵を差し込んで、カチンという軽い音とともに錠が外れた。

ギギギと音を鳴らして、鉄格子の扉が開く。

「さあ、我が愛しい女王様。どうぞお通りくださいませ。国へ帰りましょう」

そう言って、晶翠が扉を開ける。声質は詩雪のもののはずなのに、確かに晶翠らしい甘ったるさを響かせる。開いた扉の向こうにいる雲慶が、さらに後ろに下がるのが見えた。

「それにしても晶翠、いつまで私の姿でいるつもりだ。気持ちが悪い。もとに戻れ」

詩雪がそう言うと、「おや、ついうっかり忘れてました」などと言って、もとの銀髪の美青年へと姿を変えた。

晶翠はついうっかりなどと言っているが、それは嘘だ。詩雪は内心呆れながらそう思う。同じ顔が二つ揃っているのを見て戸惑う雲慶を見るのを楽しみたいだけに違いない。

それらのやりとりを見ていた雲慶は目を細める。

「……小癪《こしゃく》な。封じの枷をとり、鍵を持っていて何故この場にとどまり続けた？」

「迎えを待っていた」

「迎え……文頼のことか」

謁見の間で会った文頼のことを思い出したらしい雲慶が、不快そうにそう呟く。

文頼は、晶翠が化けた女王とともに寛国に来た。もちろん、そのまま女王を連れて帰るつもりで、その準備もしていることだろう。

「そうだ。晶翠は影を伝って誠国まで一人で戻れるが、私はそうもいかない。寛国から誠国まで馬を借りるかして帰らねばならない。しかも、勝手に出ていっては追っ手をつけられる可能性もある。少々危険かと思って、ここで迎えが来るのを待たせてもらった」

「……馬鹿め。俺がそう易々とあなたを誠国に帰らせるとでも？」

「おや。だが、私の不義不徳が見つからなかったら、解放する約束だ。少しだけ猶予を与えたはずだが、まだ見つからないのだろう？」

詩雪がそう尋ねると、雲慶はカッと目を見開いた。

「見つかっていない！　だが、そのうち見つかる！　必ずだ！」

興奮したようにそう言い募る雲慶をどこか憐憫を込めて詩雪は見やる。

「私に悪徳があると、そう思いたいだけだろう？　そうでなければ、天帝の罪を責めることができないからな」

図星を指されたのか、雲慶は顔を歪めてまた一歩後ずさる。

「違う、違う！　天帝は間違っているのだ！　正しくない！　そうでなければ……！」

そう叫びながら、下がっていく雲慶だったが、途中で立ち止まる。

止まるというより止められたというべきか。雲慶の後ろの巨体にぶつかって、後ろに下がれなくなったのである。

「紅孩……」

雲慶は首だけで振り返り、背中に当たった人物の名を呼んだ。

赤金色の髪を炎のように上にうねうねと立ち昇らせた紅孩が、仁王立ちをしていた。満面の笑みで、詩雪の左側後方、晶翠がいる場所を見つめている。

「久しぶりであるな！　欺瞞の！　健やかであったか！」

「あまり話しかけないでもらえますか？　不快なので」

場違いなほどの大声のあとに、晶翠の心底嫌そうな声が響く。

「はっはっは！　相変わらずのようであるな！　安心した安心した！」

「……紅孩、黙れ」

雲慶の一言が放たれた。紅孩は、雲慶の一言に笑顔のまま口を引き結ぶ。

雲慶の顔を見れば思ったよりも冷静そうだった。先ほどまで少し心を乱していたようだが、どうやら落ち着いたらしい。

それを認めて詩雪は、片手を部屋にある木製の簡素な椅子に向けた。

「雲慶殿、立ち話もなんだ。ここに座ったらどうだ？」

そう言って、詩雪は雲慶を瞳に捉えたまま微笑む。

ムッとしたように雲慶の眉根が寄った。

「なぜだ？」

「王同士、私達はもっと話すべきことがあると思うのだ」

詩雪にそう言われて、雲慶はしばらくむっつりと睨みつけるような顔で黙っていたが、ややしてから頷いた。

「良いだろう」

雲慶はそう言って、自ら詩雪のいる牢の中へと入った。

詩雪は寝台にそのまま座り、向かいの、小さな円卓のある席に雲慶が腰を下ろした。

紅孩は彼の後ろで、腕を組んで立っている。

ある程度場が整ったのを見て詩雪は口を開いた。

「そういえば、礼を言ってなかったな。良い部屋に置いてもらった。住み心地が良かった」

詩雪の言葉に、雲慶が片眉をあげる。

「嫌味のつもりか？」

「まさか。本気だ」

「は、どうだか。誠国の女王、最も誠実で清らかな女王と言われているが、その実、嘘ばかりだ」

雲慶に指摘されて、思わず詩雪は自嘲的な笑みを浮かべる。

「確かに、それは否定しない。私は嘘をよく用いる。……それを理由に、王に相応しくないと言われたら私は何も申し開きできないな」

「……いや、そんなことは言わない」

意外な返答をされて、詩雪は目を丸くした。

「そうなのか？　小さな罪を見つけては、これは王に相応しくない！　と騒ぎ立てるような印象だったのだが」

「俺のことを何だと思っているのだ。それなりの道理は心得ている」

心外そうに、雲慶がそうのたまう。

詩雪も、短いながら雲慶とともに後宮で過ごしたことがある。話を聞くと、確かに道理を心得た人物のようだと思って好感を抱いていた。それらが全て演技だとはとても思えない。彼が、彼なりの道理を心得ているのは、そうなのだろう。

だが……。

「……その道理をもってしても、善国を侵攻するつもりなのか」

詩雪は一番気掛かりなことを口にする。以前、雲慶は、誠国を足がかりにして、善国を侵攻するのだと言っていた。できれば、一時的な気の迷いであってほしい。そのわずかな期待を込めて尋ねたが、雲慶の瞳は強かった。

「そうだ。善国の王には確かな不義がある。誠国と節国、両方から攻め立てるつもりだったが、節国だけから攻めれば良いこと」

「私は、善国の不徳のことは知らない。だが、戦を起こせば、国は確実に混乱する。誠国がそうであったように」

詩雪が睨み返すようにそう言うと、雲慶は瞳を伏せた。

「あの時の誠国には確かに悪いことをしたかもしれない。呂芙蓉が想像以上に頑迷だった。もう少し、こちらで管理するつもりではあったのだ。まあ、『許せ』と言って許してもらえるものだとは思っていないが……」

雲慶がそう言った時だった。

詩雪はめまいのようなものを感じた。

寛国の行いに対して思っていた憤りや私怨が、一瞬にして散っていく。

ふわふわとした無心の心地がして、気持ちが楽になった。今までの自分がどれほどしがらみにとらわれていたことか。

今まで許せなかった寛国の行いが、今はもう、どうでも良い。

この感覚を詩雪は一度味わったことがある。あの時は……。

あまりのことに、何も言えないでいると、クッと噛み殺すような笑い声が聞こえて顔をあげた。雲慶だ。

「そうか、俺の力はあなたには効かないのだったな」

口惜しそうにそう嘆く。ここにきて詩雪はやっと、雲慶には『許せ』と言えば、許される力があるのだということを思い出した。

「お前は、以前、私の力を厄介な力だと言ったが、その台詞、そのまま返させてもらうぞ」

額に手を乗せ、疲れたように詩雪がそう言うと、雲慶は怪訝そうに眉根を寄せた。

「どういうことだ」

「……なんでもない」

本当のところを言えば、雲慶の「許される力」なるものは、詩雪に効いている。先ほどまで感じていた怒りや憤りが、実は今全て霧散していた。

それに、最初、寛国の後宮に入ったばかりの頃、雲慶に寛国の横暴を許してほしいと言われた際も、実は詩雪個人としては許してしまっていた。しばらくしてから怒りを思い出したが、言われた直後、確かに自分が寛国に抱えていたしがらみは全て消えていたのだ。

あの時、咄嗟に許せないと口にできたのは、ただの建前。国民のことを想い、国民ならば許さないだろうという気持ちで、どこか他人事で口にした。

いわば、嘘のようなもの。

詩雪は嘘に慣れている。だからこそ、本当は許していたのに、許していないふりをしただけだった。

そのことで、詩雪は一つ思い出した。

雲慶が、天帝を憎む理由について。

雲慶はかつて尊敬する兄がいて、その兄が王に選ばれずに自分が選ばれたことが全ての天帝の間違いだとそう責めて……。

「雲慶殿、一つ聞きたい。兄の二清殿のことだ。以前、雲慶殿は『自分が死ぬのを許してほしい』と言ったから、二清殿が雲慶殿を殺すために剣を振るったと言っていなかったか？」

唐突の質問にすぎたのか、雲慶が眉根を寄せる。だが、詩雪の質問は絶対だ。雲慶は口を開いた。

「ああ、そう言った。俺が、自分の力のことを知らず、兄上に対してそう言ってしまったばかりに、兄上は剣をふるい、紅孩に殺された」

やはりか、と詩雪はどくりと心臓が嫌な感じで鳴るのが分かる。

言うべきか、言わざるべきか。だが雲慶は、その勘違いのせいで、周りのものを巻き込んで天帝へ復讐しようとしている。

躊躇う気持ちを抱えながらも、詩雪は口を開いた。

「雲慶殿の力は、おそらく、許してと言えば許してもらえる力ではない。いや、結果的にはそうなるのだろうが、正確には執着を消す力、と言ったらいいか……」

詩雪が、躊躇いがちにそう言うと、雲慶は何を言われたのか分からなかったのか、眉間に皺を寄せる。

「何を、言っている？」

「雲慶殿の力は、内面的な作用で、それ自体に人の行動を強制するような力がない」

怪訝そうな顔をしていた雲慶だったが、ややして詩雪が言いたいことを理解したらしい。

カッと目を見開いた。

「つまりあなたは、兄上が私に剣を向けたのは、兄上の意思だと言いたいのか!?」

「そうだ。弟の生死に関する執着がなくなり、弟が死んでも生きても良いという心境の中で、あえて雲慶殿の兄上は殺した方が良いという決断をして剣をとった」

「ち、違う！　兄上はそんなことはしない！　そんなことは！」

「第一、何故、雲慶殿は兄上に対して、わざわざ『死ぬことを許してほしい』などと言った？　兄の不穏な気配を感じ取り、そう言うことで自分には敵意がないのだと伝えたかったからではないのか？」

詩雪が問いただすと、雲慶がガタッと音を立てて立ち上がる。

「……それは！　確かに、その通り、だ、だが……」

詩雪の力で強制的に暴露された思いに戸惑いながら雲慶がうめくようにそう口にする。今にも倒れてしまいそうなほど、顔色が悪い。それでも詩雪は口を開いた。

「雲慶殿は以前、私の父について、かつては愛した家族を蔑ろにして見殺しにしようとした罪を責めたな。私の父に罪があると言うのなら、雲慶殿の兄上、二清殿も同じ罪禍《ざいか》を抱えていることになる」

詩雪の言葉に絶句して、雲慶殿は顔を青白くしたまま固まった。

もし、詩雪の言うことが正しければ、雲慶が尊敬し、王に相応しいと信じていた兄にも不徳の心があったことになる。それはつまり、今まで、兄を選ばなかった天帝を責めていた全てが間違いだったということ。

「耳を貸すな！　我が王！」

鼓膜を破りそうなほどの大声が部屋中を包む。紅孩だ。紅孩は肩を怒らせ、髪の毛を逆立てていた。青白い雲慶とは反対に、顔を怒りで真っ赤に染めている。

「全ての罪は天帝にある！　我が王を誑かすこと、断じて許せん！」

そう紅孩が叫んだ。

憤怒の気のようなものが、辺りに満ちるのを感じる。

この時思い出した。伝承の中での憤怒の凶獣のことを。憤怒の凶獣は、この世の理不尽を嘆き天帝に反逆した元人間。その人間が憤怒にのまれて獣に堕ちた姿が、憤怒の凶獣なのだと。

本能的な恐怖を感じて、詩雪が寝台から立ち上がり、距離を取ろうとすると、後ろからふわりと優しく抱かれた。

「まったく！　こんなところで転変するなど！　だから馬鹿は嫌なのです！」

と珍しく声を荒らげたのは晶翠だ。その後は、強引に抱き込まれて視界が暗くなる。

最後に見たのは、獣の姿に変わろうとする紅孩の姿だ。

晶翠に抱き込まれている間にも、ゴウゴウと今まで聞いたことのないような大きな破壊音が耳に入る。

何が起きたか分からないまま、ただただ晶翠の服にしがみついていたつもりだったが、気づけば服ではなく毛皮のようなものにしがみついていた。

(転変している……？)

獣の姿を晒そうとしている晶翠に驚くのも束の間、ぐらりと宙に浮くような感覚がした。突然の浮遊感にぎゅっと目を瞑っていると、足が地面にそっと優しく着地する。

『詩雪様、しばらくお待ちください』

頭に直接響くような声がしたと思ったら、先ほどまで詩雪を包んでいてくれていた温もりがなくなった。冷たい風を感じて顔をあげると、獣の姿に転変した晶翠が空に舞っている。白銀の毛皮、鋭い牙、背中に蝙蝠のような大きな羽。

(晶翠が、転変している……いやそれより空が見える!? いつの間に、外に……!?)

先ほどまで半地下のような場所にいたはずだ。慌てて詩雪が周りを見れば、近くで建物の一部が倒壊しているのが見えた。

おそらく、先ほどまで詩雪達がいた牢のあった場所。

「ここは……南桃殿!?」

壊れた建物の奥に、詩雪が妃として暮らしていた南桃殿が見える。

どうやら詩雪が囚われていた場所は、内廷と外廷を仕切っていた建物の半地下にあったようだ。

詩雪が瞠目していると、耳をつんざくかのような獣の声が響き渡り、詩雪はハッとしてそちらに顔を向ける。

赤金色の毛色の虎のような姿をした獣がいた。虎と明らかに違うのは、豚の牙のような鋭い牙と、その身体の大きさだ。獣に転変した窮奇よりも、一回りは大きい。

「あれは、紅孩。憤怒の凶獣檮杌か……」

途方もない気持ちで、名を呟く。

謁見の間でも見たが、あの時はずっと寝そべっていたため、その恐ろしさにどこか現実感がなかった。だが、今目の前であの巨体が唸り声をあげながら、動いている。

獣が見ているのは空だ。黒い蝙蝠のような羽を動かして飛ぶ晶翠に向かって、何度も飛び跳ねてはその鋭い爪を食い込ませようと伸ばしていた。

厄介なのは、飛び上がって着地をするたびに、その周辺にある建物や物を壊して回っていること。

すでに南桃殿の一部と、よくお茶をしていた東屋は壊れていた。

直接踏まれずとも跳ねるたびに地面が揺れ、建物が軋む。

呆然としていると、悲鳴が聞こえてきた。

悲鳴が聞こえた場所を見ると宮女が数人、暴れ回る凶獣達を見て、腰を抜かして身体を震わせていた。一人はすでに気を失っているようで倒れている。

詩雪がいる場所よりも、凶獣達のいる場所に近い。これではいつ踏まれてもおかしくない。

「逃げろ……！　そこは危ない！」

詩雪は叫ぶが、恐怖に囚われた女官達の耳には届かないのか、それとも聞こえていても動けないのか、ただただ震えて凶獣達を見ている。

「くそ……どうすれば……」

どうにかして宮女がいる場所にまで行って声をかけたいが、詩雪と宮女達の間で今もなお、凶獣達はやり合っている。

行きたくても行けない。それに行ったとして、複数人を同時に抱えてその場を離れることもできない。

ならばと、詩雪は晶翠に向かって顔を上げた。

「晶翠！　ここで暴れるな！　人がいる！」

周りの喧騒に負けない大声でそう叫ぶ。

宮女達を遠ざけることができないのなら、凶獣達を遠ざけるしかない。

『とは言え暴れているのは向こうですから、私にはどうにも。それに、ここから人のいない場所に誘導なんてできると思います？』

直接頭に晶翠の声が響く。緊張感のない声に思わず舌打ちしたくなった。

だが確かに今暴れているのは紅孩で、晶翠はそれをいなしているに過ぎない。ここから離れてもらうにしても、ここは宮中のど真ん中。どこへ行こうと人がいる。移動している間に、建物はもちろん人も巻き込みかねない。

（どうすれば……）

と周りを見回すと、夕日の色が目に入った。ハッとして凝視すると、雲慶がいた。

半壊した牢のあった建物に、くたびれたように座り込み項垂れている。

（そうだ！　雲慶殿なら！　彼なら紅孩を止められる！）

「雲慶殿……！」

名を呼んだが反応はない。怪我でもしているのだろうか。彼の近くまで来た詩雪は、焦れた気持ちで彼の肩に触れるが、その手をばしんと払われた。

「触るな！」

怒鳴られて、詩雪は少し目を丸くする。だが、すぐに雲慶が無事であることにほっと胸を撫で下ろした。

「雲慶殿、紅孩を止めてくれないか！　止められるのは雲慶殿しかいない」

詩雪が必死にそう言い募るが、雲慶は項垂れたまま、反応がない。未だ顔を伏せていて、表情さえ見えない。

「雲慶殿……？」

あまりの反応のなさに、名を呼ぶと……。

「うるさい！　黙れ！」

と鋭く拒絶の声が漏れた。

「だが雲慶殿が止めねば、この場が大変なことになるぞ！　寛国の民が……」

そう言って、無理やり顔をあげようと、詩雪は正面に回り込んで肩を摑んだ、が。

「俺には関係ない！」

ガッと顔をあげた雲慶が、嚙み付くようにして詩雪にそう吐き捨てる。

驚いて目を見開き、そして彼が放った言葉を遅れて理解してから、詩雪は片眉をあげた。

「関係ないだと？」

声が震えた。怒りのあまりだ。

「ああ、そうだ！　この国がどうなろうと、俺には関係がない！　むしろこのまま滅んでしまえばいい！　そうだ！　これで、俺なんかに加護を与えた天帝が正しくないことが証明されるじゃないか！　これでいいのだ！　これで！」

歪な笑みを浮かべて雲慶がそう叫ぶと、自暴自棄な笑い声をあげた。すでにそばにいる詩雪のことなど気にもとめていない様子だった。

誰に対する怒りなのか。その笑い声からは確かに怒りのようなものを感じる。

雲慶は天帝に怒っていると言うが、本当にそうだろうか。

狂ったように笑い声をあげる雲慶を見て、何故か今我を失ったようにして暴れる凶獣、紅孩と重なった。

そのことにハッとなって、たまらず詩雪の右手が動く。

――パシン
雲慶の頬を打った音が響く。

突然頬を打たれた雲慶は、目を丸くし、耳障りな笑声が止まった。

「雲慶殿、しっかりしろ。凶獣に、憤怒にのまれかけているぞ」

「は？　のまれる……？」

「そうだ。憤怒に酔っている。怒りにのまれている！　雲慶殿が最も怒りを向けているのは、本当に天帝か？」

嘘を言えぬ、詩雪の問い。

その問いに、雲慶は大きく目を見開いたのだった。


「雲慶殿が最も怒りを向けているのは、本当に天帝か？」

目の前にいる女、誠国の女王の問いは、雲慶の心の深いところに刺さる。

(何を言っている。当たり前だ。俺が憎いのは天帝だ。天帝が全ての罪の元凶だ！)

そう心の中では叫んでいたのに。

「違う」

うわごとのように自分の口からこぼれ出たのは、心の声とは違うものだった。

思わず雲慶は眉根を寄せる。

そんな雲慶の戸惑いを知ってか知らずか、誠国の女王詩雪はその先も全て曝け出せと目で訴えてくる。

「俺が怒っているのは、不甲斐なく傲慢な、この俺だ……」

雲慶は悔しげにそう言って押し黙った。

言葉が勝手にこぼれて、初めて自分の心の底に閉じ込めていた気持ちに気づかされる。

（そう、そうだった。俺は俺自身が何よりも許せない。だからあの時……）

あの時のことが、鮮明に脳裏に蘇る。

雲慶の敬愛していた兄・二清の生首が、目の前で舞ったのだ。

血飛沫をあげて舞い上がり、雲慶の目の前にドタッという重そうな音と共に落ちてきた。血塗られた虚ろな顔から目が離せない。

震えながらこぼした「何故」という言葉に、凶獣は王の命を危ぶむものを排除したのだと答えた。

そうしてやっと雲慶は理解した。二清は雲慶を殺そうとしたのだ。己が凶獣の新しい契約者となり、寛国に君臨するために。だが雲慶を守るために凶獣が二清を殺してしまった。

そう気づいた時、雲慶は濁流のような激しい憤怒を感じた。身体中の血が、怒りで沸騰して全てなくなってしまいそうなほどの怒り。だが、その怒りの行き場はなかった。

兄を殺した凶獣に怒りたくとも、凶獣は雲慶を守るためにしたこと。

それに何より雲慶は怒ることに慣れていなかった。人に対して憤ったことがなかった。誰かに対して強い気持ちをぶつけたことがなく、初めて感じた激情の扱い方が分からない。

行き場を失った怒りはしばらくぐるぐると身体中を彷徨ったあげく、最終的に自分のところに戻ってきた。

兄が死んだのは自分のせいだ。少なくともその時の雲慶にはそうとしか思えなかった。

あの時、凶獣のもとに行こうとする兄を止めていたら。

兄の野心に気づいてさえいたら。

雲慶が凶獣の主だと分かった時感じた、兄からの不穏な気配に向き合ってさえいたら。

兄が己を害するはずがないと驕り高ぶって、死んでも構わないなどと言わなければ。

今更どうにもできない過去の自分への責苦、間違った選択ばかりをする自分自身への怒り。

気づけば、雲慶は二清が持っていた剣を摑み取っていた。

身を焦がすような怒りがとめどなく溢れ出し、その怒りの矛先は自分自身。まだまだ未熟な雲慶に、兄の死とその原因が自分であるという事実は耐えられなかった。

だから死のうと思った。楽になりたかった。

そんな時に、憤怒の凶獣が囁いた。

全ての元凶は、天帝であると。

その言葉で、雲慶の中で燻ってその身さえも喰らおうとしていた憤怒が、行き場を見つけた。

そうだ、天帝がきちんと正しく王を選んでさえいたら、こんなことにはならなかった。

出口を見出した憤怒は、これまで燻っていた分凄まじい勢いで放出され、雲慶の生きる気力となるとともに、一種の高揚感をもたらした。

憤怒に身を任せ、その流れのまま自分の正しさを訴えることのなんと気持ちの良いことか。天上の美酒のように雲慶を酔わせ、現実の雲慶の罪を隠してくれた。

「自分自身に怒りを覚えるというのなら！」

詩雪の凛とした声に、雲慶はハッと現実に引き戻された。

呆然とする雲慶の襟を握り込んだ詩雪が、睨みつけている。

その瞳が誠実になれと言っている。自分自身と向き合えと。

形のいい詩雪の唇がまた大きく開いた。

「自分の怒りにのまれて他人を巻き込むな！　雲慶殿は憤怒の凶獣、檮杌の主だ！自分の獣ぐらいきちんと御せ！」

「な……！」

雲慶は絶句して目を見開く。

何かを言いたくて口をわずかに動かすが、しばらくして雲慶は唇を固く結ぶ。

（自分の獣くらい御せ、か……）

本当にその通りだと思った。

雲慶は結局のところ、自分の中の憤怒にのまれたのだ。憤怒にのまれて、自分に向けられた憤怒が恐ろしくて、その矛先を全て天帝に向けて逃げ出した。

「……まったく、あなたは本当に厄介だ」

苦しげに雲慶が力なく嘆く。

逃げさせてくれない。そのまっすぐすぎる眼差しは、一種の刃物のようだ。

だが、分かっている。自分の憤怒は自分で御さねばならない。

怒りとは執着があるから湧くもの。執着を失くすことで寛容になれる。

寛国の者は必ず幼い頃にそう教わる。それも一種の寛容さの在り方だとは思う。だが、それだけではないのではないか。何のしがらみもない遥かな高みから、許す許さないを決めることだけが、本当に寛容さのあるべき形なのだろうか。

胸の内の怒りを抱え向き合いながら、それでも許すと言える強さこそが、寛容さなのではないか。

雲慶は砂煙の舞う場所を見やる。

上空を飛ぶ窮奇に爪を伸ばして暴れ回る憤怒の凶獣檮杌を見据えた。

(自分の憤怒は自分で御さねばならない)

雲慶は大きく息を吸い込む。

「紅孩！　止まれ！」

雲慶は叫んだ。だが、紅孩にまで届かないのか、止まる気配がない。口から泡を吹きながら、必死になって晶翠にくらいつこうとしている。ほとんど正気を失っているように見えた。

声が届かぬ様子の紅孩に、雲慶は顔を顰める。

(止まらない……)

紅孩は怒りで我を忘れて口から泡を吹き、目はほとんど白目を剝いて、一心不乱に窮奇に挑みかかっている。

雲慶は荒れ狂う憤怒の凶獣を見て、額に汗が浮かぶのを感じた。

(何故、紅孩はこんなに怒っている……)

憤怒の凶獣檮杌は、常に怒りに任せて暴れ回り、ついには封じられた獣。

そのはずなのに、紅孩を解放してから今まで、雲慶は紅孩が怒って暴れているところを見たことがない。凶獣の癖にいつも陽気で、どこか暑苦しい。

それなのに、今の紅孩は、伝承通りに暴れている。必死に天上に爪を振り上げて一矢報いようとする檮杌が、何故かとても辛そうに見えた。

（そもそも紅孩は、かつて俺が兄の死に耐えきれず自らの命を絶とうとした時、何故全て天帝のせいだと囁いた……？　俺にも天帝の罪を責めさせるために？　いや……）

今まで鬱陶しいだけの存在だった紅孩の真意が、何故か今になって鮮明に見えてきた気がした。

怒りに囚われることは己を見失うこと。だが、怒りの炎は時に人が生きるために必要な灯火にもなり得る。

あの時、紅孩は、きっと雲慶を生かそうとしてくれていたのだ。

気づけば、雲慶は走り出していた。紅孩と晶翠が争っているその場所へ。

後ろから詩雪の戸惑いの声が聞こえた気がした。凶獣の側に寄るなど危険すぎると言いたいのだろう。いつ巻き添えにされて踏み潰されてもおかしくない。

だが、それでも雲慶は走った。声が届かないのなら届く距離まで行けばいい。そして胸を反らして大きく息を吸い込む。

「紅孩！　もう良い加減、『許せ』！」

強制的に相手の執着を断ち切る雲慶の王の力。誠国の女王は行動にまで影響しないと言ったが、行動の元凶が怒りならば、それさえ断ち切ることができたなら……。

紅孩の唸り声、晶翠の羽ばたきの音、地面をゆらす振動。近くで凶獣達が暴れ回るその騒々しさの中、雲慶のその声は、確かにあたり一帯に響き回った。


凶獣が暴れ回っていた騒々しさが嘘だったのかのように、唐突に静寂は訪れた。

詩雪は啞然としながら、ただただ静かに立ち尽くす紅孩を見る。

紅孩は少し驚いたような顔で、すぐ側にまで来ていた雲慶を見ていた。

「まだ怒りがおさまらないか？」

そう問いかける雲慶の声は優しかった。柔らかい声色なのに、何故か王の威厳を感じさせる不思議な声色。

これが寛容さを最上の美徳とする寛国の王なのだと、今になって詩雪は分かった気がした。

「我が王のおかげで、今は、何も感じない」

紅孩は安堵したような顔でそう言うと、顔を雲慶の近くまでおろして猫のように喉をゴロゴロと鳴らした。

雲慶は慣れた手つきで、紅孩の頰のあたりを撫でる。先ほどまで猛って荒ぶっていたはずの紅孩が、途端に小さくなったように、詩雪には見えた。

(今は何も感じない、か……)

二人のやりとりを静かに見守りながら、詩雪はそう内心で呟く。

雲慶の執着を断ち切る力は、一時的なものだ。言われてしばらくは、どんな激しい憤りも一瞬にして消えてなくなるが、またしばらくすれば蘇る。

「怒りはその者の生きる原動力にもなるが、強すぎれば心身を激しく疲弊させる劇薬だ。そう思わないか、紅孩」

「思う。だからこそ我は寛遼真君と契約を交わした。寛遼真君は我から一時的でも憤怒を取り除き安らぎを与えてくれる。今のように。感謝する、我が王」

紅孩はそう言うと、もっと撫でてほしいとばかりに雲慶の手に頭を押し付ける。

(そうか。憤怒の凶獣は、安堵を求めて契約を交わした、ということか)

欺瞞の凶獣である晶翠が、愛に縛られるのを求めて契約しているのと同じように。

「……俺も、感謝する。兄を失った時、俺はほとんど生きる気力をなくしていた。それを、紅孩は天帝への憤怒をもって生かしてくれたのだな」

紅孩の毛並みに顔を埋めて雲慶が言う。

仲が悪いように思っていたが、二人には確かな絆があるのが見てとれた。

その証拠に、紅孩の顔は、今まで見た中で最も優しい表情をしている。

「やっと鬼ごっこが終わりましたね」

少々くたびれた声が聞こえたと思ったら、いつの間にか晶翠が人形《ひとがた》に戻って隣にいた。服もちゃんと着ていた。ここに来るまで遅かったのは、着替えていたからかもしれない。

「もう戻ったのか」

「獣の姿で飛ぶの、結構疲れるのですよ。まあ、紅孩の馬鹿をあしらって遊ぶのはそれなりに楽しめましたけどね」

「楽しむな……。危うかったのだぞ」

呆れたようにそうこぼして、先ほど取り残されて動けないでいた宮女の方を見た。

宮女達は手と手を取り合って、起き上がっている。どうやら全員無事のようだ。

「詩雪女王、色々迷惑をかけたな」

そう声をかけてきたのは、雲慶だ。大人しくなった紅孩を連れて、こちらに向かってきている。

「いや、構わない。むしろ、私の我がままのせいで、寛国内をかき乱したかもしれない」

誠国に保管している封じの枷なるものを思い出しながらそう言った。凶獣を封じる何かを得るために無茶をしたのは詩雪だ。

するとその話を聞いた雲慶が興味を持ったようで口を開いた。

「そう言えば、その『我がまま』というのが聞きたかった。何故、わざわざ王自身がここに来た？」

「凶獣の力を封じる物が欲しかったのだ。呂芙蓉のせいで、凶獣を封じていた何かは今の誠国では全て失われていたからな。言っておくが返せと言っても返すつもりはないからな」

詩雪がホクホク顔でそう言うと、何故か雲慶が顔を顰めた。

「返さなくてもいいが、待て、そのため？　本当にそのためだけに来たのか？　にわかには信じられない。それでも王自ら行く理由にならないだろう。諜報活動なら他の誰かを寄越せば良い」

「何を言っている。他の誰かに任せられるものか」

「なんだ？　虚偽の報告をされることを恐れているのか？　その心配は無意味だろう。便利な力があるのだからな」

「それは、そうだが……それよりも可哀想だろう」

「可哀想？　何の話だ」

「突然、私の都合で異国に行かされるなど」

詩雪が若干怒ってそう言うと、雲慶は目を丸くした。

「本気で言っているのか？」

「本気だが……何だその顔は、別にそう思うのは普通だろう？」

詩雪が不思議そうにそう尋ねると、横から呆れたようなため息が漏れた。晶翠だ。

「それが普通だと思っているのは私の可愛い女王様ぐらいですよ」

なんだか哀れみを含むように言われて、詩雪は微かに唇を尖らせた。

(何だか、馬鹿にされている気がする……)

何故馬鹿にされているのか分からない詩雪は、ますます眉間の皺を深めた。

「なるほど。詩雪女王、あなたという人が、どういう人かこれでだいたい分かったような気がする」

どこか笑いを噛み殺すように言われて、詩雪はますます面白くない。

「これだけのことで私を分かった気になるのは危険だと思う」

悔し紛れにそう口にすると、ははと雲慶は軽く笑った。

「そうか。……だが、ひとまず誠国に手を出すのはやめておいてやる」

雲慶からこぼれたその話に、詩雪はハッと顔をあげて眉根を寄せた。

「それではまるで、誠国には手を出さないが、他の国には出すように聞こえるが。善国をまだ攻めるつもりか？　もう天帝の粗探しはやめたのではないのか？」

「ああ、善国は攻める。やめるつもりはない。確かに俺は、憤怒にのまれていた。だが、天帝に間違いがあるという考えは変わらない。実際に、天帝が選んだ王は……全てではないにしろ、不徳を抱えている。それをそのまま見過ごすつもりはない。相応しくない者を王にしたせいで苦しむ民がいるのは天帝の怠慢だ。違うか？」

「それは……」

言葉に詰まる。そう言われると、そうだと思ってしまう心が確かにある。詩雪の父の代の治政も、呂芙蓉を寵妃にした時から不安定だった。呂芙蓉の外戚関係を異常に厚遇したために、賄賂が蔓延り、宮中に腐敗が出ていた。

幼い詩雪にそれを知る術はなかったが。

詩雪は苦い気持ちをため息とともに吐き出すと、なんとか顔をあげて口を開いた。

「……善国の問題は、善国の者達で解決すべきものだ。勝手に口を出すのは、違うと思う」

「それは、あなたが善国のおぞましい不徳を知らないから言えるのだ」

「それは」

「聞かない方がいい」

それは何だと聞こうとしたところで、雲慶に遮られる。

ムッと詩雪は黙った。

「どの道、俺が伝えたところで言われた言葉をそのまま受け取れない。あなたはそういう人だろう？」

図星を指されて、唇を固く引き結ぶ。雲慶の言う通りだ。雲慶に言われたとて、全てを信じることはできない。

「……まあ、だが善国を確実に叩くには準備がいる。それまでに、調べたいなら調べたらいい。知れば必ず俺と同じ結論に至るとは思うが」

どうやら少々の猶予はあるらしい。

基本的には他国のことは他国で解決するべきだ。どんな理由があろうとも、誠国を侵攻した寛国が正しかったとは言いたくない。詩雪はそう思う。

だが、雲慶の顔にあまりにも迷いがなく見えて、詩雪の胸中に言葉にしがたい不安がよぎる。

「言っておくが……」

物思いにふけっていた詩雪の耳に、雲慶の声が入る。

思わず雲慶を見ると、何故か頬が赤い。

「天帝のことも善国のことも俺が正面から向き合って、許す許さないを決めたことだ。遥かな高みから見下ろすようにして裁可を下したわけではない」

どこかムキになっているかのようにそう口にした雲慶に、詩雪は思わず目を丸くした。

「どうした？　突然」

「どうしたはないだろう！　あなたが言ったのではないか。遥かな高みから許すなどと言って悦に入るのは傲慢だとか何とか！　だから俺は、そういうのではないのだと言ったんだ！」

雲慶の言葉に、詩雪はああと声をあげた。そう言えばそのようなことを言ったかもしれない。ここでその話をするということは、雲慶はずっと気にしていたのだろうか。

「すまない。かなり気を悪くさせたみたいだな」

「別に……っ！　そういうわけでは……！」

と、少々声を荒らげた雲慶だったが、はあと大きなため息をついて荒ぶる気持ちを逃がしたらしい。きっと詩雪を見ると不服そうに口を開いた。

「いいか、寛国は寛容さを美徳としているが、だからといって全てに寛容であることが正しいとは思っていない。許せないことや、怒ること全てが悪ではないのだからな」

雲慶のその言葉に、詩雪は目を瞬かせる。そして柔らかく笑った。

「確かに、そうかもしれないな」

詩雪は実感とともにそうこぼす。

誠国は誠実さを美徳としているが、だからといって嘘の全てを悪だとは思っていない。誰かのためにつく嘘もあるし、大切なものを守るための嘘もある。それら全てが不徳なのだとしたら、きっとこの世に生きる人間全てが罪人だ。

「詩雪様！」

遠くから声がした。

声がした方を見ると、遠くからこちらに向かって走ってくる人影が見える。

「あれは……文頼殿か」

崩れた瓦礫を避けながら、こちらに駆けてくる文頼を見て詩雪が呟いた。まっすぐこちらを見て手を振っているのを見るにどうやら詩雪を探しに来たらしい。

「晶翠、確か私に化けて文頼と共にいたはずだな？　私のもとに来た時どんな言い訳を言ってきたのだ」

隣の晶翠の方を見ずにそう問えば、

「何も言ってませんよ」

という身も蓋もない答えが返ってきた。

「何？」

「何も言ってません」

「つまり、いつの間にか私が消えたことになっているわけか」

思わず額に手をやり軽く嘆く。

さてどんな言い訳を話すべきか。その前に凶獣が暴れ回ったことについても説明をしなくてはいけないだろうか。いや、それは雲慶に任せてもいいかもしれない。

などと考え、恨みがましい目で晶翠を見やってから、雲慶を見た。

「文頼殿も来られたので、そろそろ帰らせてもらう。さすがにもう止めはしないだろう？」

今の雲慶なら誠国に帰る詩雪を止めないだろうと思うからこそ、冗談めかしてそう言った。だが。

「いや、止められるものなら止めたい」

返ってきた答えは、予想外のもので詩雪は目を丸くする。

雲慶としても思わず口にした返答が意外だったようで、詩雪と同じように訝しげな表情を浮かべている。

「まだ何か用でもあるのか？」

「いや、特に用はない」

じゃあなんなのだと思いながら二人してどこか腑に落ちない顔で見つめ合う。

「詩雪様、文頼への対応は、雲慶に任せて急ぎましょう。寛国まで四頭立ての屋根付きの馬車で来ましたし、なかなかに快適ですよ」

と言って、急かすように晶翠が背中を押す。

言われてみて、確かにここで文頼から質問攻めに遭うのは避けたい。今まで文頼のそばにいた女王は晶翠で、詩雪ではない。下手な対応をすれば違和感を覚えられるかもしれない。一度、文頼に対してどのように振る舞ってきたかを晶翠と打ち合わせる時間が欲しい。

「そうだな。雲慶殿、文頼殿も誠国に連れて帰ろうと思っているのだが……」

「それは構わない。駄目と言っても、文頼のあの様子では無理をしてでもあなたについていく。あなたという人は、本当にひどい凶獣をお持ちだ」

「それは、否定しない……。……文頼殿には、疲れたので先に馬車に戻っていると伝えておいてくれ」

それまでになんとか文頼の接し方を晶翠から問いただしておくしかない。

「分かった。……またいつか」

思いの外に寂しそうに、雲慶から別れの言葉を言われて、詩雪も少々離れがたくなった。が、もうそろそろ誠国に戻らねばならない。詩雪も晶翠もいないとなれば、今の誠国は完全に王の不在が続いていることになる。

「ああ。雲慶殿も。それに紅孩も、後宮では世話になった。元気でな」

詩雪が軽やかに笑いながらそう言うと、紅孩は「うむ！　達者でな！」といつも通りの元気な声で答えてくれた。

文頼は、まだ少し離れたところにいる。崩れた瓦礫を避けながら進むのは思ったよりも大変らしい。

それを認めて、詩雪は雲慶を振り返った。

「雲慶殿、もし私が……」

と詩雪はこぼして少し躊躇うように口を閉ざす。雲慶が微かに首を傾げた。

言うべきか言わざるべきか。少しの逡巡ののちに詩雪は再び口を開いた。

「私が道を誤ったら、止めてくれるか？」

突然の質問だったためか、雲慶は少し虚を突かれたような顔をしたがややして頷く。

「もちろん、止める。殺してでも」

殺してでもというその強すぎる返答に、詩雪は心の底から安堵を覚えた。

もし、万が一の時がきても、誰かが止めてくれる。そう思えることが、嬉しい。

「良かった。……寛国に来て、本当に」

詩雪はそう言って、心からの安堵とともに笑うのだった。

終章

詩雪は、文頼とともに馬車に揺られて誠国に帰ってきた。

誠国に戻って三日。文頼と会話をすることもあるが、今のところ、晶翠と詩雪が入れ替わっていたことは気づかれていない。

晶翠が言うには、ただ純粋に『詩雪』になりきって接しただけなので、普段通りにすれば良いのだと言う。

だが、時折、文頼が何か物欲しそうに詩雪を見るので、それだけではないような気がしなくもないが、詩雪はそれらを笑って誤魔化すことに決めていた。

そして詩雪がしばらく誠国を不在にしたつけは、忠賢のお説教という形で払うことになった。

会う度にぐちぐち言われ、反論するにも忠賢の言葉は正論すぎて何も言えない。

『わざわざ姉上が行くようなことではない！』

客観的に見ると確かにその通りで詩雪はひたすら忠賢の怒りが収まるのを待つしかなかった。

こんな時に思う。雲慶の王の力があればいいのにと。

ただ驚いたことに、忠賢をもってしても、詩雪本人が寛国で長らく妃として過ごしていたことには気づいていなかった。

忠賢が怒っているのは、詩雪に化けた晶翠が、文頼とともに寛国に行ってしまったことについてだ。

晶翠は身内である忠賢すらも完璧に騙し、詩雪になりきってくれたらしい。

忠賢には嘘を聞き分ける力があるというのに、どうして騙しおおせたのか。気になって問い詰めたところ、極力会話を避けて接しただけだということらしい。それで少しも怪しまれないのだからさすが、欺瞞の凶獣である。

もし、詩雪が妃として寛国に長らくいたことがバレたら、今の比ではない怒られ方をするのだろうと思うと、自分の凶獣が人を騙すことに長けた獣で良かったと初めて思えた。

「忠賢様が、色々とすみません」

お茶を一口飲んで、ここ数日のことを思い返していたら、沈壁から心配そうにそう声をかけられた。

今日、話があると言って沈壁を自室に呼び出していたのだ。

「ああ、いや、すまない。忠賢が怒るのももっともだと思う」

そう言って、どうにか笑みを作って首をふるふると横に振る。

「それなら良いのですが……。忠賢様が怒っているのは、とても心配したが故だと思うと私もあまり止められなくて」

「大丈夫。分かっている」

そう言って、いつも自分のことを気遣ってくれる沈壁に笑みをこぼす。

そして今日、彼女を呼び出した本題に話を移すことにした。

「沈壁、実は、今日は話があって呼び出した。先日渡した避妊薬の件だ」

「はい。その節は本当にありがとうございました。詩雪様が、とても良い避妊薬を用意してくださったおかげなのか、あの薬を飲み始めてからとても体調が良いのです」

「そうだろうな。あれは避妊薬と言っていたが、実はただの栄養剤だ」

「まあ、そうだったので……え？　避妊薬ではないのですか!?」

思ってもみないことを言われたのか、沈壁が目を見開いて驚きを示す。

「ああ、すまない。騙すつもりはなかったのだが……」

殊勝な態度でそう謝ってみるが、沈壁が詩雪を恨めしげに見る。

「いえ、騙す気満々ですよね!?　ええ!?　だから体調が良かったのですか!?　え、でも、そうすると避妊薬をしばらく飲めていないことに……もし妊娠していたら……!」

と慌て出したので、片手をあげて落ち着けと言ってから口を開く。

「もう、大丈夫になった」

「大丈夫になった？　……え、でも、もし、王の力が、凶獣が……」

突然のことに混乱している様子の沈壁に詩雪は安心できるようにと笑みを深めた。

「先日、寛国に行った折に、凶獣をある程度管理できる方法を知ることができた」

詩雪は、雲慶からもらった封じの枷を思い出しながらそう言った。

今は大事に保管するとともに、何でできているのかを調べさせている。雲慶が容易く詩雪に渡せたということは、それほど貴重なものではないということだ。作ろうと思えば作れる可能性が高い。

「凶獣を管理する方法……？　では、万が一、詩雪様の王の力よりも強い赤子が生まれても大丈夫ということでしょうか？」

「その通りだ。それに、今の誠国には文頼殿がいる。文頼殿は、寛国の王族で、『執着の糸を見る力』がある。万が一、生まれた子供に王位が移っても、彼の目があればそのことを見抜けるはずだ」

詩雪は、文頼が誠国を訪れたばかりの頃、中常侍としてそばにいた晶翠と詩雪の間にある執着の糸を見抜いた。あの話を聞いた時から、寛国の王の力に興味があった。この力があれば、未来の憂いが晴れる。

今思えば、雲慶も、文頼がいる時は近くに凶獣を寄せ付けないように気をつけていたようだった。もし近くにいれば、凶獣と王の間に結ばれている執着を見抜かれる。

とはいえさすがに最後、紅孩が大暴れした後はもう隠し通せなかったようで、今の文頼は、本当の寛国の王が雲慶だということを知ってしまっているが。

影武者ではなく、雲慶本人が王として正しく君臨する未来は近いかもしれない。

寛国のことを思って少々の感傷に浸ってから、沈壁の様子を見た詩雪は思わず目を見開いた。

沈壁が涙を流している。

「ど、どうしたのだ沈壁！　泣いているぞ……」

「え……本当ですね」

詩雪に指摘されるまで、自分が泣いていることに気づいていなかったらしい。目元に指を置いて濡れているのを確認してからそうこぼす。

慌てたのは詩雪だ。

「す、すまない、沈壁！　もしかして本当は、忠賢の子など欲しくなかったのだろうか!?　それで避妊薬を!?　そ、そうだよな。最近の忠賢はぐちぐち怒るし嫌になったか。そうか、そうだな。それに精悍になってきたとはいえ、まだまだ張《チヨウ》将軍と比べたらなよっとしているしな！　そうだというのに、私ときたら余計な世話を焼いてしまった！　申し訳ない！」

早口でそう謝罪を口にする。本当は膝をついて頭を下げたいところだが、さすがにそれをしてしまっては、沈壁が慌てて止めに入りそうで我慢した。

立場などなければ、今ごろ詩雪の額は床に擦り付けすぎて血が出ていたかもしれない。

どうやってこの謝罪の気持ちを態度で示そうかと、詩雪が本気で考えていると、

「ち、違います！」と言って沈壁が慌てて両手を左右に振った。

「全然、違います！　私が、泣いてしまったのは、そうでは、なくて……」

「そうではない？」

「はい。私、忠賢様をお慕いしております。忠賢様の御子を授かりたいと、そう思っていて……けれど、凶獣のことを知って、ほとんど、諦めていて……それに……」

そこまで沈壁は言うと、一度、言葉が詰まったかのようにだまる。また目に涙がたまっていた。そして、何度か瞬きをして涙を数粒こぼしてから、口を開いた。

「忠賢様は、御子が欲しいと、そうおっしゃっているのです。私も、そうだと言いながら、でも……薬を飲んでいることが後ろめたくて……ずっと、苦しくて……」

そう言ってまた涙がこぼれていく。

詩雪が手巾を差し出すと、沈壁がそれを受け取って濡れた目元を拭った。

「沈壁……気苦労をかけた」

「いいえ、詩雪様……ありがとうございます」

「こちらこそ、感謝する。弟を愛してくれてありがとう」

そう言って、詩雪はとても愛情深い義妹に改めて感謝を捧げた。

（良かった。本当に）

無茶をした甲斐があったと、詩雪はしみじみと思うのだった。

「文頼殿、わざわざ私のためにこれを？」

詩雪は白百合の花束を胸に抱えながら、嬉しそうに微笑む。

息を吸うと白百合の華やかな芳香が鼻をくすぐる。

誠国の後宮内にある詩雪の私殿にいたら文頼が訪れてきた。是非渡したいものがあるという話で、通すとこの花束を渡されたのだ。

「はい。後宮の庭に咲き誇っておりました。あまりにも美しく、詩雪様にも見てもらいたいと、そう思って持ってきたのです。もちろん詩雪様のお美しさを前にすれば、どのような花も途端にその輝きをなくしてしまいますが」

見られているこちらが恥ずかしくなるほどにうっとりしたような顔で言われ、つられるようにして詩雪も頬を赤らめて目を伏せた。

「感謝する。文頼殿、早速飾らせてもらう」

「それでは、今日はこれを渡したかっただけでしたので、ここで」

そう言ってゆっくりと踵を返す文頼の背中に詩雪は口を開く。

「もう行ってしまうのか？」

心細そうにそう言うと、すごい勢いで嬉しそうに文頼が振り返った。

「私とて、離れがたくありますが……詩雪様は体調不良に加え、寛国への遠征で仕事が滞っていると聞いています。私は詩雪様の癒しになりたい。決して邪魔はしたくないのです」

などと物分かりの良いことを言うので、詩雪は感激したように目を潤ませてみせた。

「文頼殿、本当にありがとう」

そう言って、手の甲を差し出すと、文頼は長めに詩雪の手の甲に接吻を落としたのちに帰っていった。

「……疲れた」

文頼がいなくなるや否や、そうため息とともに言葉を吐き捨てて長椅子に座り込む。

文頼には、色々仕事が溜まって忙しいなどと言っているが、実はそれほどでもない。もともと実務の一部は忠賢が取りまとめてくれる。詩雪の負担はそれほどでもないのだ。だが、忙しいなどと理由をつけねば、文頼がものすごく詩雪に構ってほしそうにするので、忙しいということにしている。

すると、すっと横に影がさした。そういう時にやってくる者はだいたい察せられた。

「晶翠か」

「ええ、貴方の下僕の晶翠です」

いつものように甘ったるい声で返してくる、欺瞞の凶獣窮奇が、詩雪の目の前で膝をついて座っていた。

晶翠はいつも詩雪が一人でいる時を見計らって姿を現す。

「今回はなんの用だ？」

呆れたようにそう言うと、晶翠は悲しそうに目を眇めた。

「用がなければ、御前に侍ることを許してくださらないのですか？」

「できればそうであってほしい」

長椅子にもたれかかり疲れたようにそう言うと、ふふと柔らかく晶翠が笑う。

「それにしても詩雪様は嘘がお上手になられましたねえ」

「なんだいきなり」

「文頼ときたら、中身が入れ替わっているというのに、全く気づいていない」

「お前の化け姿が良かったからだ。だが、彼の相手は少し疲れる……」

夢見がちな乙女のような目で見てくるので、その夢を壊さないようにしなければと詩雪も何故か気を張ってしまう。少し放置すると、とたんに構ってほしいとねだる子犬のような瞳で見てくるので、それも辛い。なんだか悪いことをしているような気がしてくる。いや実際騙しているようなものなので悪いことかもしれないが。

「その割には、とても優しく振舞っているように見えますが。まさかああいう男がお好きなのですか？」

珍しく晶翠がしつこい。

「嘘の中に少しだけ真実を混ぜるとそれっぽくなる。私は文頼殿のことは嫌いではない。好感を抱いている部分はある。それよりも晶翠、どうしたのだ。そんなことを聞いてくるとは。嫉妬でもしているのか？」

「そうですよ。当たり前でしょう？　好いた方の近くに蠅が飛んで嫌な気持ちにならないものがいますか？」

詩雪は思わず目を眇める。

「文頼殿のことは自分で蒔いた種だろ」

そう口にしたところで、晶翠の手が、詩雪の顎をとらえた。そのままぐっと肩を押されて、気づけば長椅子の上に押し倒されていた。

「なんの真似だ」

ムッとしてそう言えば、晶翠は妖しく笑う。

「誰の真似でもありません。こうしたいと思ったからそうしただけです。私の愛しい詩雪様」

いつもと雰囲気が少し違うように感じて、動揺で瞳を揺らした。なんと言えばいいのか、分からない。

すると晶翠が再び口を開く。

「詩雪様、覚えておいでですか。詩雪様は以前、私の子を産むのも面白いと言ってくださった」

「……確かに言ったが、あれは」

「分かっていますよ」

そう遮るように言って、晶翠は顎に添えていた手をゆっくりと滑らせて、詩雪の髪を一房掬って口付ける。

詩雪の顔に熱が集まるのを感じた。見ない方がいいと分かっているのに、どうしても視線が晶翠に引き込まれる。

「ただ純粋に私との子が欲しいからではなく、私の子なら契約に関わらず私を縛ることができるのではと考えてのことでしょう」

ハッとして、詩雪は目を丸くさせた。

図星を指された。先ほどまでの熱が一気に引いていくのを感じる。

晶翠の両手が詩雪の耳のすぐ側に置かれた。まるで閉じ込めるかのように。

何も言えない詩雪を笑うようにして、晶翠は笑みを深める。

「詩雪様は、本当にひどい人です。私は、ただ純粋にあなた様を愛しているのに、私のことは凶獣としてしか見てくださらない」

と妖しく嘆いてみせる晶翠。

動揺してしまった詩雪だったが、その言葉で正気を取り戻した。正確には正気と言うよりも怒気かもしれない。

（……何が、純粋に愛している、だ。お前の愛はただの契約だろう！）

舌打ちでもしたい気持ちを抑えながら、詩雪は右手を上に持ち上げて、晶翠の頬に触れる。そしてできる限り甘い顔を貼り付けて口を開いた。

「何を言う、晶翠。私がどんな気持ちか、分からぬ晶翠ではないだろう。寛国にいた時は、何かあればすぐに来てくれるとは分かっていても、側にいなくて寂しかったのだぞ」

殊勝な態度で殊勝な言葉を口にしてみせると、晶翠の先ほどまでの余裕の笑みが僅かに翳《かげ》った。

しばらく詩雪を見下ろしていたが、見つめ続けても動揺の一つも見せない詩雪に飽きたのか、晶翠は身体を起こす。

「本当に嘘がお上手になりましたね、詩雪様」

晶翠はつまらなそうにそう言って、手を差し出す。

どうやら戯れの時間は終わったらしい。

（嘘が上手、か。嘯く愛が真実のように聞こえたのならば、きっとその嘘の中に本物もまざっているからだ）

詩雪はそう内心で呟いたが、この気持ちを晶翠に知らせるつもりは毛頭ない。

詩雪は差し出された晶翠の手をとって、身体を起こす。そしてにこやかに笑ってみせた。

本書は書き下ろしです。

四《し》獣《じゅう》封《ほう》地《ち》伝《でん》
黎明《れいめい》の女王《じょおう》は赤王《せきおう》に嫁《か》す
唐澤和希《からさわかずき》

2024年2月5日初版発行
発行者……………千葉 均
発行所……………株式会社ポプラ社
〒102-8519 東京都千代田区麹町4-2-6
フォーマットデザイン 荻窪裕司(design clopper)
組版・校閲 株式会社鷗来堂
印刷・製本 中央精版印刷株式会社

ポプラ文庫ピュアフル

ホームページ www.poplar.co.jp

N.D.C.913/252p/15cm
ISBN978-4-591-18054-9
P8111369

嘘と偽りを武器に国を取り戻す。
痛快中華後宮ファンタジー第1弾！

唐澤和希
『四獣封地伝　落陽の姫は後宮に返り咲く』

装画：夢子

誠実さを美徳とする誠国の王女・詩雪は、王族に伝わる「嘘を聞き分ける力」を持たずに生まれ、周囲から蔑まれつつも強かに生きてきた。ある日、欲深い継母・呂芙蓉が国の実権を握らんと王を暗殺、自らの息子を新王とする。城を追われた詩雪は、溺愛してくる謎の美青年・晶翠に助けられ身を潜めるが、新統治に苦しむ民に心を痛めていた。そんな中、宮女募集の噂を聞きつけて……？

呪いを解くために、偽りの妃として後宮へ——。

顎木あくみ
『宮廷のまじない師
白妃、後宮の闇夜に舞う』

装画：白谷ゆう

白髪に赤い瞳の容姿から鬼子と呼ばれ親に捨てられた過去を持つ李珠華は、街でまじない師見習いとして働いている。ある日、今をときめく皇帝・劉白焔が店にやってきた。珠華の腕を見込んだ白焔は、後宮で起こっている怪異事件の解決と自身にかけられた呪いを解くこと、そのために後宮に入ってほしいと彼女に依頼する。珠華は偽の妃として後宮入りを果たすが、他の妃たちの嫉妬と嫌悪の視線が珠華に突き刺さり……。『わたしの幸せな結婚』著者がおくる、切なくも愛おしい宮廷ロマン譚。